Zu diesem Buch

Zitat: «Heilig Abend zusammen!» – dieser burschikose Gruß in die Runde (Dieter Süverkrüp) trifft vielleicht die flotte Manier, mit der man sich von Weihnachten davonstiehlt. Für ein paar Stunden kommt man unter dem Familienbaum zusammen, erfreut, daß der vorweihnachtliche Trubel vorbei ist, hoffend auf einen ungestörten Schlaf. Wie deplaciert man unter den festlichen Ritualen ist, stößt einem spätestens auf, wenn die Gänsekeule sich im Hals verkeilt oder die Strophen nur noch gestammelt über die Lippen wollen. (Früher ging doch alles viel tiefer...)

Daß sie nicht mehr singen können, haben die meisten Autoren dieser Sammlung mit Gefängnisinsassen, Asylanten, Behinderten, einer wachsenden Minderheit von Abgeschobenen gemeinsam. Wer wagt noch, wenn es ihm auch noch so schlecht ginge, hungernd, frierend an eine fremde Tür zu pochen?

Was ist aus dem Fest der Liebe geworden? Konsumrausch? Profitstress? Falscher Weihrauch? Feuerpause mit frommen Sprüchen? Ein paar freie Tage zum Zwecke der Familienzusammenführung? Oder nehmen wir uns schon einmal Zeit für Bilanz und ehrliche Vorsätze? Viele ermuntert Weihnachten zu streitbarem Christentum. Im Zeichen des kommerziellen Bergabs, unter dem sinkenden Stern der Fortschrittsgläubigkeit, wo einem täglich vermeldet wird, wie die «Weihnachtsmannschaft», die über dem Land herrscht, abschlafft – wird nun der Tannenbaum zum Symbol immergrüner Naturfreunde und radikaldemokratischer Friedenskämpfer?

Uwe Wandrey erlernte das Schiffbauerhandwerk, arbeitete danach als Konstrukteur. Abendabitur, Bundeswehrdienst. Studium der Germanistik, Philosophie, Geschichte. Lebt als Jugendbuchlektor für den Rowohlt Verlag und als freier Schriftsteller in Hamburg. «Kampfreime» (1986), «Stille Nacht allerseits!» (rororo Nr. 1561), «Lehrzeitgeschichten» (1973), «Nie wieder neunundzwanzig ...» (rororo Nr. 12747), «Knapp vierzig» (rororo Nr. 12748) und «Runde fünfzig» (rororo Nr. 12749).

Heilig Abend zusammen!

Ein garstiges Allerlei

Herausgegeben von
Uwe Wandrey

Rowohlt

165.–169. Tausend November 1995

Originalausgabe
Veröffentlicht im Rowohlt Taschenbuch Verlag GmbH,
Reinbek bei Hamburg, November 1982
Alle Rechte an dieser Ausgabe © 1982 by
Rowohlt Taschenbuch Verlag GmbH, Reinbek bei Hamburg
Die Rechte für die einzelnen Beiträge liegen bei den
Autoren und Graphikern, soweit im
Quellenverzeichnis nicht anders angegeben
Umschlaggestaltung Hans Traxler
Satz Garamond (Linotron 404)
Gesamtherstellung Clausen & Bosse, Leck
Printed in Germany
890-ISBN 3 499 15047 6

Inhalt

Die Hausbesetzung von Bethlehem und die Folgen

«Die sich des Vergangenen nicht erinnern ...»

Von Weihnachts- und anderen Männern

Schöne Bescherung

Weihnachten auf der Straße

Ob der Frieden doch noch kommt?

Höchste Zeit, die Krippe brennt

Zu Weihnachten fällt mir nichts ein

Die Hausbesetzung von Bethlehem und die Folgen

Carmen Kotarski

Weihnachtliche Fragen

Maria und Joseph waren damals ganz allein im Stall. Hat denn der
Joseph bei der Geburt geholfen? Konnten das damals die Ehemän-
ner? Oder hat es Maria allein geschafft, aber wie? Und wo hatten sie
warmes Wasser her, und vor allem die Tücher. Na, sie haben sich mit
Josephs Gewändern beholfen. Keimfrei waren die allerdings nicht.
Und dann das Neugeborene in dieser Krippe. Gab es denn schon
Sagrotan zu diesen Zeiten, und die Besucher, die Knechte und Könige, womit haben sie ihre Hände desinfiziert? Überhaupt so viele
Besucher, gleich in den ersten Tagen, und die Tiere, alles Keimträ-
ger. Wie ging es mit dem Stillen, hat Maria die Zeiten richtig einge-
halten, wo doch ständig fremde Leute herumstanden, und wer hat
ihnen die Waage gegeben, um das Gewicht des Kindes zu kontrollie-
ren? Nach dem Hunger, den Strapazen (diese Odyssee ist uns ja
überliefert) kann die Mutter unmöglich genügend Milch gehabt haben, womit fütterte man nach? Haben die Kühe...? Das vertragen
nur die stärksten Kinder mit der robustesten Veranlagung. Und das
Jesukind war zart.

Dem Himmel sei Dank, daß unser Herrjesu unter solchen Um-
ständen am Leben bleiben konnte! Was würden unsere Ärzte sagen,
wenn wir heute so schlampig gebären wollten.

Peter Schütt

Ermittlungsverfahren

Im Auftrage eines
bethlehemitischen Kaputtbesitzers
hat die Staatsanwaltschaft
von Nürnberg, Bayern,
ein Ermittlungsverfahren
gegen das jüdische
nichtseßhafte Pärchen
Maria und Josef eingeleitet,
weil beide im Verdacht stehen sollen,
am Vorweihnachtsabend
einen leerstehenden Stall am Stadtrand
instandbesetzt zu haben.

Winfried Thomsen

Gott sei Punk. Eine alte Story
neu erzählt von Lucky und Matti

Gary war der Obermotz von den «Nazareth-Angels», meist auf der Piste, Schnecken aufreißen und abschleppen, und schon lange scharf auf Mary, die Braut von Jo, einem total verwichsten Typen. Wie der mal schwer 'n Glimmer hat, pirscht sich Gary an Mary ran – war'n bißchen unterbelichtet, aber ne echt heiße Torte, und er mußte die Mutter unbedingt angraben, nicht? Macht einen auf Raushänger und haut aufs Blech: Daß er von Mick Jagger kommt und der sie echt 'ne vollgeile Muffe findet, aber Mary hat irgendwie kein gutes Feeling bei der Sache und sagt: «Ich glaub, ich spring in' Schrank», und daß er wohl'n Sockenschuß hat.

Aber er quatscht ihr'n Bauch voll, daß Mick irre angetörnt ist von ihr, und sie 'n Sohn kriegt, der Jesse heißen soll. Und der ist der King, macht schwer Putz und wird überhaupt echt Spitze, sagt er. Aber Mary sagt nur ätzend: «Mach den Kopf zu, Alter», und überführt ihn spontan als den letzten anmacherischen Schwanzficker, und da kann frau überhaupt nicht drauf abfahren. Und Gary sagt, ne, is nix, sondern der Heilige Geist kommt und hilft ihr, ihre Möglichkeiten echt zu entwickeln, und da is sie voll ausgetickt auf den Kumpel, spürt echt ihre vibrations, aber nach dem Ding mit'n Heiligen Geist hängt Gary die Qualle ab und macht den Zeppelin, bevor Jo die Sache schnallt und er sich'n Satz Ohren einfängt oder ne Taucherbrille erbt.

Als nu Jo die Kiste getickt hat, denkt er erst «Ich glaub, meine Oma geht mit Elvis» und ist auch irgendwie echt umheimlich sauer und will Mary schon 'n Orden verpassen, aber dann flippt er doch voll auf sie ab und bringt sich echt ein, weil: er kann ja nu noch was Knete ergeiern vom Arbeitsamt, der echt bediente Rumhänger.

Und genau diese Zeit – wo Zorro der Obermacker von Syrien ist – hat August, so'n Polit-Opa aus der Familie der Mumien, ne Volkszähle angesagt. Will mal gucken, wo er die fette Kohle ziehen kann, und alle sind reichlich genervt.

Nur Jo, der ist echt cool drauf und gibt seine Matte lieber für Ouzo aus als für Juso und hängt mit Mary in Bethlehem rum in dem letzten miesen Schuppen, wo das im Winter mächtig schattig war, aber sie war auch lieber hochschwanger als niederträchtig, und schon kommt Jesse, ist gleich voll da und schwer in action und flippt in der Szene rum, und Jo und Mary sind echt schrill drauf.

Draußen auf'm Feld war nu grade das Meeting der Pluderhosenfraktion, die ganze Belegschaft war da am Parken, hatten schwer einen reingedröhnt, der halbe Laden war schon zu, also Canale grande. Kommen die Angels vorbei, die letzten abgelutschten Typen, und sagen sich, diese verstörten Masken müssen wir mal aufmischen, den Schlaffis was von der Dope-Szene beipulen. Machen die Typen an, vonwegen: Leute, die Bewegung ist echt total kaputt, nix läuft mehr, und daß man die konkreten Mechanismen mal radikal in Frage stellen muß, und das bringt der Typ, der da drüben in der Krippe knackt, astrein, echt einsam, aber volle Power. Und dann bringen sie noch'n Sprechchor: Raus aus der NATO, rein ins Vergnügen, oder so – und die Pluderhosen denken: «Wahnsinn!», sind total angemacht von dem affengeilen Spruch, da kommt Leben in die Bude, ist ja auch voller drauf als die Glotze beseelen, na klaro.

Und sie rein in den Schuppen, und das ist ein echtes Aufeinanderflippen, die Kumpels verbalisieren überall ihre emotionalen Erlebnisinhalte, daß es die Leute echt aus den Latschen pustet, nich, die schnallen voll ab, und es ist ein schweinegeiler Tag. Die Mary, die entwickelt auch echt irgendwie ne irre Sensibilität, geht so auf die inner journey, und die andern people kommen von dem Trip gar nicht mehr runter, der dritte Indianertrend hatte sie schon tierisch angeödet, und Jesse ist jetzt tierisch angesagt. Sauber!

Da kommen denn auch gleich drei Freaks auf'm Königspilstrip bei dem Großmogul Roadie vorbei, total verwichster Teilnehmer, der ist nun reichlich abgetörnt und denkt, ihn streift ein Bus. Ist doch logo, die Sache rasselt ihm voll auf'n Keks, das war echt too much, und ist er scharf drauf, den Jesse gar zu machen, aber will erst mal abchecken: wo läuft das mit der Kiste. Die drei Freaks sagen: «Is gebongt, Chef», und sie immer der Neonreklame nach, rein in den Schuppen, ham sie auch Henna, Müsli und Libanesen mit, und dann haben sie alle irgendwie so ein positives Gefühl, also die hängen da irgendwie irre lieb rum oder so.

Dann ha'm die Freaks noch den Roadie gelinkt und hauen in den Sack, und die Angels sagen zu Mary und Jo, sie sollen sich fetzen. Die haben echt null Bock und sind irgendwie unheimlich traurig, aber dann machen sie die Fliege, und, kaum ha'm sie sich verpißt, läßt der Roadie, der hat ja irgendwie 'n Rad ab, die Kinder, die sich nicht dünne gemacht haben, die läßt er also alle machen, Mensch, Alter, da laufen vielleicht heiße Szenen ab, war doch logo alles Asche. Aber mit Jesse ist alles Paletti.

Leona Siebenschön
Jesus war ein Mama-Mann
– but the devil is a punk

Die Berichterstatter haben maßlos übertrieben. Das fragliche Subjekt war weder Aussteiger noch Mitglied einer terroristischen Vereinigung. Vor allem Herr Lukas, dieser Tage gelegentlich zitiert, hat seine Leser geleimt.

Zugegeben: Das bewußte Subjekt trug die Haare lang und einen Bart. Kam auch in Latschen daher und Gewändern, die einen Freak gut kleiden würden. Doch was beweist das schon? Die Würde des Menschen ist auch im Kaftan unantastbar.

Arbeitsscheu? Wohl eher arbeitslos. Ein Fall von Radikalenerlaß, wie üblich übertrieben betrieben. Das verfemte Subjekt begehrte einen Lehrauftrag. Die Obrigkeit witterte Kritik, verteidigte ihre marode Macht und machte den Kandidaten zum Dissidenten.

Er begab sich ins Freie und begann zu reden, trotz Redeverbot. Auf Jahrmärkten und Hochzeiten sorgte er für einige Unterhaltung. Es kam zu Demonstrationen, die weder genehm noch genehmigt waren. Kein Wunder: Die Leute liefen ihm zu. So gewann er das Interesse der Geheimen Staatspolizei. Man sammelte und speicherte seine Daten. Woher kam der Mensch?

Aus unordentlichen, um nicht zu sagen zerrütteten Verhältnissen. Ziehkind eines Zimmermanns, der aber nicht sein Erzeuger war. Also ein Kind der Schande. Also schon verdächtig. Das kennt man ja.

Herr Lukas, offenbar Frühfreudianer, hat den praenatalen Ereignissen viel Aufmerksamkeit gewidmet und die frühkindlichen Einflüsse sonderbar symbolisiert. Wie sollte ein Säugling mit arabischen Herrschern Umgang haben? Und die junge Mutter? Eine reine Magd?

Sauber muß sie gewesen sein. Bei mangelnder Hygiene im Viehstall hätte sie das Neugeborene kaum über das Kindbett hinaus gebracht. Und später hat sie ihm Märchen erzählt, das läßt sich nicht leugnen. Indoktrination ist nicht auszuschließen, weil ihr gar nichts anderes übrigblieb, wollte sie nicht gesteinigt werden.

Ein Faktum, das die Genossen von der schreibenden Zunft verschwiegen haben. Denn was das heißt, in gewissen Breiten zu gewissen Zeiten mit einem unehelichen Kind niederzukommen, das konnten sich die Skribenten in ihren Herrenhirnen natürlich nicht vorstellen, obwohl ihnen die Strafe für ledig Entjungferte bekannt gewesen sein muß: Tod durch Steinigung.

Wollte die saubere Magd dieser Strafe entgehen, so mußte sie eines unbedingt erreichen: verheiratet zu sein, ehe ihr Zustand entdeckt wurde, und die Heimat verlassen noch vor der Geburt, damit argwöhnische Nachbarn nichts nachrechnen konnten. Als Ehemann in Frage kam nur einer, jener Handwerker, mit dem sie bereits verlobt, der aber leider nicht der Vater war (das wußte er selbst am besten; weshalb auch sein erster Gedanke dahin zielte, das in Schande geratene Mädchen heimlich zu verlassen). Den Tod durch Steinigung vor Augen mußte und konnte die Ärmste das Äußerste riskieren und dem biederen (wohl auch ein bißchen törichten) Mann einen derartigen Bären aufbinden, gegen den kein Sterblicher auch nur ein Wort (der Gotteslästerung nämlich) zu sagen gewagt hätte. Der Zimmermann jedenfalls sagte nichts, sondern übernahm die Nachricht, die ihm da, während er schlief, zugeflüstert wurde. Auch der Junge hat sie dann zur eigenen Wertschätzung gern geglaubt. Und die Welt ist darauf hereingefallen.

Was so ungewöhnlich nicht war. Von Ägypten bis Griechenland kannte man höhernorts zahlreiche Fälle angeblich göttlicher Väter, die einer Menschenfrau beigewohnt haben zum Zweck der Selbsterhöhung einer ehrgeizigen Person, einer machtbewußten Sippe.

Die Mutter des gewissen Subjekts hat die Erhöhung lediglich im voraus vorgenommen. Und sie hat ihre Zeit der frühen Erziehung klug genutzt und ihren Sprößling mit nie erlahmendem Fleiß gelehrt, wes Geistes Kind er sei.

Der wirkliche Erzeuger, vielleicht ein Besatzungssoldat, vielleicht ein Liedermacher, war jedenfalls ein Bruder Leichtfuß und ein geiler Typ, sonst hätte er die Braut eines anderen (eines Langweilers, gewiß) nicht aufs Heu legen können, um sich dann aus dem Staub der galiläischen Gassen zu machen und die Geschwängerte liegen zu lassen. Die freilich hat nicht aufgehört, dem Entschwundenen nachzuhimmeln. Das wiederum hat der Sohn gespürt und hernach eine auffallende Neigung zu gefallenen Mädchen bekundet. Seine Mutter hat er zärtlich geliebt.

Ihre eindringlichen Worte und ständigen Unterweisungen, mehr noch: ihre eigene Überzeugung, ein einzigartiges Geschöpf geboren zu haben (darin so ziemlich jeder Mutter gleich), nährten dessen frühe Gewißheit um eine außerordentliche Bestimmung. Ohnehin sensibel und phantasiebegabt, man kann schon sagen: feminin veranlagt, ist das Kind der Liebe in diesem Klima mütterlicher Zuwendung und Förderung genial über sich hinausgewachsen. Was zunächst nicht zu vermuten war.

Zunächst, als Junge, war er ein wenig vorlaut und altklug, gewiß; hatte dann, da ihm die Holzarbeit nicht behagte, Umgang mit etlichem Gesindel, Gammlern, Berbern, Landindianern. Einer besonders wird von den Reportern Matthäus, Markus, Lukas, erst recht vom PR-Chef Paulus mit Eifer erwähnt: Ein aufsässiges Individuum, grell geschminkt, glatt rasiert, außer einem orangeroten Haarschopf, der stand ihm wie ein Hahnenkamm vom Schädel ab; ein rechter Bürgerschreck, weshalb die Leute ihn den Leibhaftigen nannten. Dieser nun trieb sich mit dem vaterlosen Subjekt in der Wüste herum, den Aufstand zu proben. Da wurde es dem verwöhnten Bankert aber bald zu heiß. Und weil Punk nicht seine Sache war, verließ er den Wüstengesellen und besann sich seiner mütterlichen Mitgift, der Erzählungen von der himmlischen Herkunft.

Davon sprach er dann nur noch und sagte im übrigen, er sei, der er sei. Womit seine Karriere begann, was wiederum seine Mutter mit einigem Stolz zur Kenntnis nahm.

Kein Zweifel: Sie hat ihn vergöttert, von Anfang an. Es sind immer die Mütter, die mit ihrer absoluten Liebe die großen Söhne machen, die Begnadeten und Lieblinge der Götter, zu denen er zählte, ein Hätschelhans, um nicht zu sagen: ein Mama-Mann. Ähnlich wie Elvis Presley, den seine Mom ja auch über die Maßen liebte und der bereits zu Lebzeiten entschieden mehr Fans hinter sich hatte als das fragliche Subjekt. Ein Junge, der von seiner Mutter derart vergöttert wird wie diese beiden, fühlt sich auch so.

Das kann natürlich tödliche Folgen haben, wenn sich dann so einer, derart überzeugt, auf die Socken macht, um seinen Daddy zu suchen. Jedes vaterlose Subjekt will einmal erfahren, wer seine Mutter geschwängert hat. Und wenn es keinen anderen Anhaltspunkt gibt als den Kurs himmelwärts, dann wird die Herausforderung angenommen und man besteigt den Paternoster.

Das juristische Verfahren, nicht ganz einwandfrei, hat der Angeklagte provoziert. Er wollte einen Musterprozeß. Man hat ihm einen kurzen Prozeß gemacht.

Das Kreuz, zeitweise alltäglich als Vollstreckungsmittel, war eine touristische Alternative. Es hätte auch ein Hubschrauber sein können oder eine Raumrakete. Hauptsache: Man kommt an. Und das scheint dem Himmelstürmer gelungen zu sein. Bislang jedenfalls ist er aus der Umlaufbahn nicht wieder ausgestiegen.

Peter Schütt

Weihnachtsballade 1978

Die Beamten, die im Schnellzug
München-Salzburg die Personenkontrolle
durchführten, blieben gelassen,
obwohl die Verdachtsmomente nicht
zu übersehen waren: fast schulterlanges
Haar, der Blick eines Fanatikers,
ungepflegte Kleidung, die auf einen Hang
zum Anarchismus hinzudeuten schien.
Ein Grenzschützer blieb auffällig
unauffällig auf dem Gang stehen,
während sein Kollege ins Abteil
trat und den Verdächtigen
um seine Papiere bat.

Sie sind Araber? Bin ich.
Gehören Sie der PLO an?
Ich trete für Gewaltlosigkeit ein.
Sind Sie Mitglied einer K-Gruppe?
Der Verhörte zögerte. Nein, die Kirche
führt mich höchstens als Ehrenmitglied.
Sind Sie privat oder dienstlich unterwegs?
Ich befinde mich
auf einer vorweihnachtlichen
Geschäftsreise zu den Agenturen
in Westeuropa . . .

Inzwischen hatte der andere
das Foto des Verdächtigen
im Fahndungsbuch ausgemacht.
Eindeutig, es handelte sich
um eine Leitfigur des internationalen
Terrorismus. Der Gesuchte,
hieß es, wechselt häufig seine Namen –
Wunderbar, Kraft, Rat, Friedefürst,
Ewigvater – und besitzt wenigstens
einen griechischen, römischen
und jüdischen Paß. Er hat
die Fischer am See Genezareth
aufgewiegelt, hat in der Wüste
Jordaniens eine Hungerdemonstration
organisiert und in Jerusalem
eine religiös verbrämte Volkserhebung
gegen die heimischen Geschäftsleute
und Bankherren angezettelt. Er ist
Anführer einer kryptokommunistischen
Zelle, der nach Angaben des Überläufers
Judas Ischariot mindestens
zwölf Terroristen angehören.

Die Beamten handelten
umsichtig. Kurz vor der Grenze
brachten sie den Zug zum Halten,
ein GSG 9-Kommando, das über Funk
alarmiert worden war, stieg hinzu
und nahm den Verdächtigen
nach kurzem Wortwechsel fest:
er wurde als der staatenlose
Jesus von Nazareth mit dem Decknamen
Christus identifiziert.

Hans Georg Rauch

Günter Herburger

Weihnachtslied

Wir haben einen Baum daheim,
drei Meter hoch und grün,
das Dach des Hauses wackelt schon,
das Christkind turnt am Fernsehmast
und schaut uns an,
ob wir zufrieden sind.

Schnee, Schnee,
ohne ihn
täte Weihnachten weh,
fiele ins Wasser
wie ein Stein ins Meer.

Ein Esel kommt zur Tür herein
und verlangt nach Heu,
ein Hase zieht die Stiefel aus
und legt sich auf das Kanapee,
Marie und Joseph sitzen hin
und singen mit uns leis.

Schnee, Schnee,
ohne ihn
täte Weihnachten weh,
fiele ins Wasser
wie ein Stein ins Meer.

Das Kindlein hat sich naß gemacht,
braucht Windeln um den Bauch,
wir laufen durch die ganze Stadt
und kaufen alten Möhrensaft,
der noch stopft in dieser Nacht,
wir mögen ihn nun auch.

Schnee, Schnee,
ohne ihn
täte Weihnachten weh,
fiele ins Wasser
wie ein Stein ins Meer.

Ein Vogel wartet an der Tür,
ist krank und matt, braucht Trost,
Soldaten schieben ihn herein
und legen ihre Waffen ab,
im Heimatland Vergißmeinnicht
braucht jeder starken Most.

Schnee, Schnee,
ohne ihn
täte Weihnachten weh,
fiele ins Wasser
wie ein Stein ins Meer.

Acht Löchlein hat die Flöte,
zehn Finger hat die Hand,
die Kerzen brennen sacht herab,
es tropft und zischt,
die Angst erlischt,
wir bleiben in dem Land.

Schnee, Schnee,
ohne ihn
täte Weihnachten weh,
fiele ins Wasser
wie ein Stein ins Meer.

Weihnachten sind wir alle gleich,
danach nicht mehr so sehr,
wir gehen trotzdem um den Baum
und essen bitteren Mandelklee,
als seien wir schon Riesen,
vergrößert immer mehr.

Schnee, Schnee,
ohne ihn
täte Weihnachten weh,
fiele ins Wasser
wie ein Stein ins Meer.

Monika Sperr
Kein Wort von Weihnachten

24. Dezember 1980. Nach einer schweren Rückenoperation befand meine Freundin Ulrike sich zur Kur in Bad Abbach. Gegen Abend fuhren wir – sie, ihr Sohn und ich – mit dem Auto nach Regensburg, um dort irgendwo zu essen. Wir parkten im Zentrum, liefen durch die menschenleeren, wie leergefegten Straßen: Asphalt, Beton, Neonlicht in allen Farben, zum Bersten volle Schaufenster. Wir waren hungrig, es war kalt; lange suchten wir vergeblich nach einem geöffneten Lokal. So viel Licht, Reklame; so üppig, grell beleuchtete Schaufenster, Passagen, Geschäftseingänge, doch nirgends eine Tür, die wir hätten öffnen können, um einzutreten und zu einem Essen zu gelangen. Zuerst machten wir noch Späße, Witze, Scherze.

Notstand im Wohlstand, alberte Stefan, der lang, dürr, nur mit Jeans und einer Lederjacke bekleidet, neben mir ging, die Schultern frierend hochgezogen, die Hände tief in die Hosentaschen gebohrt. Sein jämmerlicher Anblick stimmte mich nicht eben heiter. Mürrisch begutachtete ich das immense Angebot eines Feinkostladens, während ich mit zunehmender Wut sagte: Vor einer Wurst- und Schinkenpyramide verhungerten am Heiligen Abend im Zentrum von Regensburg drei Fremde.

Niemand von uns kam auf die Idee, an irgendeiner Haustür zu klingeln und die dahinter Feiernden um Gastfreundschaft zu bitten.

Unsere Schritte wurden langsamer, müder; die erfolglose Suche deprimierte uns. Da entdeckten wir ein Lokal, von keinem Neonlicht erhellt, trotzdem geöffnet: durch die stark verschmutzten Scheiben fiel gedämpftes Licht. Wir traten ein, grüßten freundlich und wurden freundlich begrüßt. Guten Abend!

Das Lokal wirkte schäbig, aber sehr gemütlich: blankgescheuerte Tische aus einem billigen Holz, ein eiserner Herd, eine Musikbox, aus der Mozarts kleine Nachtmusik tönte. Rauch hing in der Luft; wir setzten uns in eine Ecke hinter den Herd, dessen Feuer kräftig bullerte. Ein junger Mann, offensichtlich der Sohn des Wirts, brachte uns die Speisekarte, empfahl das Schnitzel mit den Bratkartoffeln und sagte mit einem Lächeln herzerwärmender Heiterkeit: Was möchten Sie trinken?

Er trug einen abgetragenen schwarzen Anzug, sah darin aber sehr würdevoll, geradezu feierlich aus. Die Bestellung notierte er mit einer Grandezza, als sei er Ober in einem Grand-Hotel. Wir bestellten Wein, Tee, einen Orangensaft, nahmen alle drei das Schnitzel. Der Mann am Nebentisch, klein, gebückt, das schüttere Haar sorgfältig gescheitelt, hob sein Bierglas, prostete uns zu: Wohl bekomm's! Sie sind wohl nicht von hier?

Wir kamen ins Gespräch, hörten ihm zu, erzählten von uns; lachten, weil wir alle vier aus Berlin stammten, inzwischen aber nur Stefan dort noch zu Hause war.

Mir ist die Stadt zu düster, sagte ich. Im Winter sieht man das Blau des Himmels oft für Wochen nicht.

Stefan interessierte nicht der Himmel, sondern das Leben in dieser geteilten, eingemauerten Stadt, und das, so fand er, sei in Berlin um vieles aufregender als sonst irgendwo auf der Welt.

Unser Tischnachbar, gut dreißig Jahre älter, so um die Sechzig, stimmte ihm begeistert zu: Ja, da läßt es sich leben!

So saßen wir, gewärmt, geborgen, aßen Schnitzel mit Bratkartoffeln, lachten, lärmten, genossen unser Zusammensein. Kein Wort von Weihnachten, nur Ulrike sagte irgendwann: An einen schöneren Weihnachtsabend kann ich mich nicht erinnern.

Prost, sagte ich und dachte fast voller Mitleid an die vielen, die sich jetzt über Geschenke freuen mußten, die sie nicht freuten.

Hildegard Wohlgemuth

Und das nicht nur zur Weihnachtszeit

Wer nach Bethlehem
fliegen will
in den Stall
und wer meint
dort ist auf jeden Fall
der Frieden billig zu kriegen
der sollte woanders hinfliegen

Wer nach Bethlehem
reisen will
zu dem Sohn
und wer glaubt

dort ist die Endstation
mit Vollpension für die Seelen
der sollte was anderes wählen

Wer nach Bethlehem
gehen will
zu dem Kind
und wer weiß
daß dort der Weg beginnt
ein jedes Kind nur zu lieben
der könnte es heute schon üben

«Die sich des Vergangenen nicht erinnern, sind dazu verurteilt, es noch einmal zu erleben»

Die sich des Vergangenen nicht erinnern,
sind dazu verurteilt,
es noch einmal zu erleben.

(Santayana.
Inschrift im Museum des KZ Dachau)

Ingeborg Bayer

Nicht der Rahmen für so etwas

(Ausschnitt aus dem «Drachenbaum», Theaterstück in 5 Akten,
nach dem gleichnamigen Roman, Zürich 1982)

Zeit: 1919–1933

Gezeigt wird an der Familie des Dr. de Laporte, der sich vom Wissenschaftler zum Ideologieträger entwickelt, das zunächst kaum
wahrnehmbare Heraufziehen faschistischer Strömungen, ihr
Nichtwahrhabenwollen, ihr Nichternstnehmen, ihr Totschweigen.
Gezeigt werden soll auch das Bemühen der Menschen jener Zeit um
den Frieden, ihr Engagement, ihr Kampf, der sich letztendlich als
sinnlos erweist, weil er mit unwirksamen Strategien geführt wird,
weil es zu wenige sind, die bereit sind, diesen Kampf zu unterstützen und zu viele, die glauben, daß die Ängste vor einem möglichen
Krieg nichts weiter seien als Hirngespinste.
    Probleme unserer Zeit auf der Folie des Vergangenen.

2. Akt. 5. Szene (Teilausschnitt)
Stefan, einer der beiden Söhne des Dr. de Laporte, hat nach einem
Jurastudium heimlich Katholische Theologie studiert und ist zum
Katholizismus übergetreten. Der Vater, als Nachfahre einer alten
Hugenottenfamilie, hat Stefan daraufhin Hausverbot erteilt. Am
50. Geburtstag der Mutter ist er, auf Wunsch seiner Frau, endlich
bereit, Stefan wieder in die Familie aufzunehmen.

DR. KRONBERGER *kommt aus einer Ecke des Salons mit de Laporte*
    zur Bühnenrampe) Ach was, doch niemals! Die Hakenkreuzler
    die Regierung übernehmen? Ich bitte dich! Alles propagandistisch aufgebauschtes Zeug! Von der KPD hochgejubelte
    Schreckgespenster, die es einfach nicht gibt! Schließlich müßte ich

das ja wissen, wenn da was dran wäre! Meinst du vielleicht, ich berichte darüber auch nur eine einzige Zeile in meiner Zeitung? Ich denk ja nicht dran!

Dr. de L. Mag sein, daß du recht hast, und trotzdem – schau mal, auf diesem sogenannten Parteitag, im letzten Jahr, und das ist jetzt schon der dritte, den sie haben, da sollen rund dreißigtausend SA-Leute da gewesen sein und –

Dr. Kronberger (*lachend*) Ja Ja, und rund hunderttausend Gesamtteilnehmer! Das hätten sie gern, und deswegen schreiben sie's in ihren Zeitungen, und andere schreiben's ab! Überhaupt schreibt jeder was anderes! An Uniformierten gab's kaum neuntausend, also SA, SS und HJ zusammen, und wieviel das sonst noch waren, interessiert nicht. Die werden doch immer weniger, zumindest was ihre Sitze anbetrifft. Schau mal, im Mai vierundzwanzig hatten sie zweiunddreißig, im Dezember vierundzwanzig nur noch vierzehn und jetzt achtundzwanzig im Mai, gerade noch ein Dutzend! Laß die sich doch ruhig aushungern, je weniger man davon redet, desto besser ist es für uns alle. (*Bemerkt Stefan, der inmitten einer Gruppe von Gästen steht und gerade einen Zettel aus der Tasche zieht*) Du, find ich übrigens gut, daß du dich mit Stefan wieder ausgesöhnt hast, ich freue mich, daß er heute mit dabei ist!

de L. (*seufzt*) Es war Olgas einziger Geburtstagswunsch, was sollte ich machen? Vielleicht habe ich mich damals auch falsch verhalten als Vater, ich hab mir immer eingebildet, er müßte so sein wie Ludwig, dabei wollte ich gar nicht, daß er so ist wie der. – Im Augenblick stehe ich sowieso nicht gut zu dem, was Ludwig macht.

Dr. Kronberger Ich bin überhaupt nicht auf dem laufenden.

de L. Na ja, Stefans Pazifistenfimmel war lästig, aber nun hat Ludwig den Artamanenfimmel, siedeln im Osten, einen Bauernhof! Manchmal denke ich wirklich, du hast es besser getroffen, indem du allein geblieben bist. Ich denke, bei Stefan hat dieses Theologiestudium mäßigend gewirkt, er ist ruhiger geworden. Vielleicht war seine Entscheidung gar nicht so falsch, auch wenn mir das alles noch immer nicht in den Kram paßt. Irgendwie hat er sich die Hörner abgestoßen und vielleicht –

Dr. Kronberger (*der bei den letzten Worten bereits nicht mehr zugehört hat und in eine Ecke hinüberschaut, in der Stefan in einem Kreis von Gästen steht*) Hör mal.

de L. – bleibt er ja gar nicht in der praktischen Seelsorge sondern –

DR. KRONBERGER Hör doch mal –

STEFAN – für die Kinderspeisung sind 5 Millionen abgelehnt worden, für den Panzerkreuzerbau sind 80 Millionen bewilligt, das muß man sich ganz einfach mal klarmachen!

DE L. (*immer leiser werdend, da inzwischen nur noch Stefans Stimme zu hören ist und alle Gesprächsgruppen verstummt sind*) – geht vielleicht noch an die Universität.

STEFAN Der Aufruf ist von Albert Einstein unterzeichnet, von Arnold Zweig, Franz Werfel, Käthe Kollwitz, Alfred Kerr, Walter Gropius, Heinrich Mann, Oskar Maria Graf und vielen anderen Künstlern!

DR. KRONBERGER Na, so ganz gezähmt scheint mir dein Sohn aber doch nicht!

DE L. Moment mal, entschuldige. (*geht zu Stefan*) Was machst du denn hier, Stefan?

STEFAN – und es geht jetzt einfach darum, daß hier weitere Leute unterschreiben –

DE L. Wer soll unterschreiben und wo?

STEFAN Entschuldige, Vater, es geht nur ganz kurz, ich will nur diesen Aufruf vorlesen, es sind nur ein paar Zeilen. ‹Wir fordern als Staatsbürger und Menschen, daß menschliche Interessen über Partei- und Koalitionsfragen gestellt werden! Hat man 1928 – nur zehn –

DE L. (*greift Stefan an den Arm*) Entschuldige, Stefan, ich nehme an, du verwechselst unser Haus mit einem Wahllokal, wir feiern den fünfzigsten Geburtstag deiner Mutter, falls du das vergessen haben solltest!

STEFAN Nein, Vater, ich hab’ das nicht vergessen, es dauert wirklich nur eine Minute, der Text ist ganz kurz, sieh, hier (*zeigt Zettel*) – nur zehn Jahre nach Kriegsende – die Millionen und aber Millionen Opfer fürchterlichster Kriegsmaschinen vergessen, daß man heute schon wieder wagt –

DE L. Stefan, ich verbiete dir, das noch weiter zu lesen!

STEFAN (*sehr ruhig*) Vater, es ist ein Aufruf gegen den Panzerkreuzerbau, es geht darum, daß die Rüstungsindustrie illegal arbeitet –

DE L. Stefan, ich verbiete dir –

THERES (*kommt mit Platten, murmelt*) Ogottogott (*geht wieder*)

FRAU DE L. (*legt Hand auf Arm ihres Mannes*) Es ist mein Geburtstag, Friedrich!

DE L. Na eben! Willst du etwa zustimmen, daß er deinen Geburtstag zu einer Parteiveranstaltung macht und das in meinem Haus?

STEFAN Mutter, darf ich das lesen oder nicht? Eines deiner Kinder hast du im Krieg verloren! Genügt das nicht, daß ich diese paar Zeilen hier vorlesen darf?

DE L. Also Olga, wenn du das erlaubst!

FRAU DE L. (*sehr ruhig*) Er soll es lesen. Wir wollen nicht darüber debattieren. Aber lesen soll er.

STEFAN Danke, Mutter. – daß man heute schon wieder wagt, neue Kriegsmaschinen zu bauen, ohne befürchten zu müssen, hinweggefegt zu werden? Wir wissen, daß das deutsche Volk in seiner großen Mehrheit die fürchterlichen viereinhalb Jahre nicht vergessen hat! Wir Künstler und Geistesarbeiter fühlen uns als Kämpfer für die Freiheit der Kultur und des Geistes gezwungen, gegen den Bau von Panzerschiffen, gegen diesen imperialistischen Größenwahnsinn zu protestieren, gegen das sinnlose Hinauswerfen von achtzig und noch vielen weiteren Hunderten Millionen Mark – mit denen unendliches Leid getilgt werden könnte! Eulenspiegel Sondernummer, Oktober 1928.

THERES (*eifrig*) Frau Professor, der Kirchenchor ist da für das Ständchen! Sie stellen sich schon auf!

FRAU DE L. Also dann, Freunde, hören wir uns das Ständchen an! (*Allgemeiner Aufbruch nach draußen, dabei unterschiedlich starkes Gemurmel. Ludwig zu Kirman:* So war er von Klein an, immer im Mittelpunkt, immer im Mittelpunkt! Und stets wegen nichts und wieder nichts! *Die Großmutter zu Dr. Kronberger:* Der Oberst würde sich im Grabe umdrehen! Ein Enkel wie von der Heilsarmee! *Miram zu Hedwig:* Da vergehen jetzt vermutlich zehn Jahre, bis er wieder in euer Haus darf und nicht nur vier! – *Die übrigen Gäste:* Ein Skandal! Dabei war Stefan doch früher so ein nettes Kind!*)

DE L. (*zu Stefan, der sich Wein einschenkt*) Nun, zufrieden?

STEFAN (*hebt sein Glas hoch, betrachtet es gegen das Licht*) Nicht ganz. Aber besser so, als gar nicht! Natürlich hätte man darüber diskutieren müssen.

DE L. (*lacht auf*) Du meine Güte, du nimmst das auch noch ernst!

STEFAN Sollte das etwa gar keine Frage gewesen sein?

DE L. Zum Kuckuck, nein! Das war keine Frage, und du weißt das so gut wie ich! Diskutieren! Über so etwas auch noch diskutieren! Du verwandelst den fünfzigsten Geburtstag deiner Mutter in eine Wahlversammlung und jetzt sollen wir wohl auch noch Rednerlisten aufstellen, was? Ein schönes Geburtstagsgeschenk, wirklich, ganz einmalig. Du darfst sicher sein, daß dies ein Geschenk ist, das ganz bestimmt noch nie eine Mutter zu ihrem Geburtstag und das auch noch zum Fünfzigsten bekommen hat! Ich frage mich nur, in wessen Auftrag du das alles machst? Im Auftrag der KPD etwa?

STEFAN Nein, Vater, nicht im Auftrag der Kommunisten. Wenn du so willst, in gar keinem Auftrag außer meinem eigenen. Daß ich dem Friedensbund deutscher Katholiken angehöre, weißt du vermutlich, unser Leiter ist Dominikaner, falls dich das beruhigt.

DE L. Mich beruhigt gar nichts! Ich dachte, du bist Kaplan, du hättest eine Pfarrei, du arbeitest mit Jugendlichen, als Bezirkspräses im Katholischen Jungmännerverband, in der Sturmschar – du machst Gruppenabende – das war's, was mir Mutter erzählt hat, nachdem sie dich neulich besucht hatte, und damit habe ich mich abgefunden. Aber jetzt mußt du unbedingt auch noch als Friedensengel durch die Gegend laufen, Aufrufe verlesen und zur Unterschriftensammlung aufrufen?

STEFAN (*sehr ruhig*) Vater, ich möchte dich etwas fragen. Ich möchte dich fragen, wieso du eigentlich so sehr gegen diesen Frieden bist? Bist du nur deshalb gegen ihn, weil die Kommunisten dafür sind? Solltest du wirklich so blind auf beiden Augen sein? Weshalb baust du dir ständig Feindbilder auf, weshalb suchst du sie im eigenen Lager, wenn du schon partout Feindbilder brauchst, weshalb nimmst du sie nicht außerhalb unserer Grenzen, Franzosen, Engländer, Russen, sie alle taugen doch sicher in deinen Augen dazu, weshalb muß ich es sein und all die, die der gleichen Meinung sind wie ich?

DR. DE LAPORTE Und ich frage dich, was diese ganze Friedenstümelei seit Jahrzehnten für einen Sinn hat? Mit Plakaten durch die Straßen ziehen, Konferenzen, Kongresse! Was hat es genützt? All das? Der Weltkrieg hat stattgefunden, trotz allem Herumgerenne!

STEFAN Ich denke, daß das kein Grund ist, nichts mehr zu tun. Wenn die Methoden falsch waren, dann müssen wir eben herausfinden, weshalb sie falsch waren. Und wenn wir das herausgefunden haben, dann müssen wir aus den Fehlern der Vergangenheit lernen. Und uns neue Methoden ausdenken. Bessere. Wirkungsvollere.

DE LAPORTE (*lacht auf, geht ans Fenster, zeigt hinunter*) Wirkungsvollere? Welche denn? Da, schau sie dir doch an, unsere Gäste! Glaubst du wirklich, daß du auch nur irgend etwas in ihre Köpfe hineingebracht hast vorhin? Von dem, was dir wichtig ist? Sie werden heraufkommen, hereinkommen, ihren Sekt trinken, ihre Augen werden zu der Geburtstagtorte hinüberschweifen, und kein Mensch wird mehr etwas zu dem sagen, was vorhin war. Morgen, ja, morgen werden sie es herumerzählen. Wißt ihr, bei de Laporte ging es gestern sehr lustig zu. Der letzte Theaterskandal war absolut langweilig dagegen! Stefan sollte man als Conferencier fürs Theater vorschlagen, als Alleinunterhalter, er würde die Kassen schon voll machen.

STEFAN (*lacht, geht ans Fenster*)

DE LAPORTE Was willst du tun in so einem Fall? Ihnen die Torte vorenthalten, wenn sie sich nicht verpflichten, dieses Volksbegehren zu unterschreiben? Sie aus dem Haus werfen? Und wenn sie dann immer noch nicht wollen, sie zum Unterschriftenort hinprügeln? Mit Gewalt, du, ein Mann der Kirche?

STEFAN Mit Gewalt sicher nicht. Vielleicht würde ich versuchen, ihnen klarzumachen, daß irgendwann eine dieser Friedensbewegungen die letzte sein wird, daß irgendwann ein Krieg sein wird, dem keiner mehr folgen kann, weil wir uns alle umgebracht haben werden.

DE LAPORTE (*stellt sein Weinglas auf den Tisch*) Also, ich finde es nach wie vor geschmacklos, was du da gemacht hast. Ein falsches Geschenk, am falschen Ort, zu einer absolut unpassenden Gelegenheit! Das hat doch hier einfach nicht hingepaßt, und ich denke, du weißt das. Das war nicht der Rahmen für so etwas.

STEFAN (*erregt*) Nicht hingepaßt? Nicht der Rahmen für so etwas? Welchen Rahmen möchtest du dann? Wo paßt so etwas denn bitte hin? Zu Weihnachten etwa? Paßt es da? Wenn ihr euch alle bis oben hin vollaufen laßt mit ‹Friede auf Erden und den Menschen ein Wohlgefallen›? Paßt es da hin, wenn ihr alle eingestimmt seid, eingelullt, sich niemand stören läßt, niemand aus der Stimmung gerät? Und wenn doch, wie lange hält es dann vor? Reicht es noch bis zum Zweiten Feiertag, oder ist es bereits vor der Weihnachtsgans am Heiligen Abend vergessen? (*Stefan geht zum Fenster, schaut hinaus, dann ruhig*) Gut, gut, meinetwegen sollst du recht haben, vielleicht war es nicht der richtige Ort, die richtige Gelegenheit, vielleicht war sie wirklich nicht richtig gewählt, vielleicht war's sogar überhaupt keine. Aber ich denke (*er dreht sich um*), ich denke, wenn wir nicht endlich den Mut haben, keine Gelegenheiten zu welchen zu machen, dann könnte es doch eines Tages der Fall sein, daß unsere Kinder und Kindeskinder uns nicht einmal mehr fragen können, weshalb wir damals alle so feige waren.

Weshalb wir so wenig Phantasie hatten im Ausdenken von Strategien, friedlichen Strategien. Weshalb wir immer gedacht haben,
morgen, morgen ist auch noch Zeit zum Handeln, weshalb muß
es denn unbedingt heute sein. Und überhaupt, weshalb muß es
denn ausgerechnet ich sein, es sind doch noch andere da, die so
was ebensogut machen können.
(*In das Dunkelwerden der Bühne setzt der Kirchenchor, der bisher seine Instrumente gestimmt hat, voll ein: Wer Gott vertraut,
hat wohl gebaut.*)

Finster

Leona Siebenschön

Ich kann nicht singen

Stille Nacht
Stalingrad. Im Kessel eingekeilt. Fünfzig Grad
unter Null. Keine Gräber mehr
für die Toten. Schwarz was noch lebte
im Frost.
Konnte mein Bruder beten?
Heilige Nacht
Hamburg. Gomorrha gewesen. Als der Himmel Feuer
regnen ließ. Die ausgebrannte Schädelstätte.
Kein Wasser, das lebendig macht. Keller ohne Ausgang
zwischen Brand und Flammenzeichen. Schmerzen
in der Hitze eingeschrieben.
Schrie meine Mutter noch?
Hohe Nacht
Hiroshima. Das Strahlengewitter. Ein Blitz, und
schwarz stand der Tag. Die Hölle
ausgebrochen auf Erden. Kein Wort
für das Entsetzen, das die Gesichter verzerrt.
Hat ein Mensch Gott gedacht?
Meine Kindheit von Schrecken gezeichnet.
Daß Christus gelacht hat, wurde nicht überliefert.

Ulla Hahn

Kreuzweise

Wo immer Bretter kreuzweis aus dem Boden schießen
in Reih und Glied bis in den Horizont
hackt sie heraus ihr Krähen scharrt sie frei
wir haben sie zu lang zu fest vergessen:

Die mit den Helmen auf dem Totenkopf
und mit dem Koppel um die Hüftgelenke
die mit weitaufgerissnen Augen starben
im Blick den Fluch im Mund den Todesschrei

Ihr Toten macht euch frei von eurem Tod
Zieht aus. Lehrt uns das Fürchten
Euren Fluch. Reißt uns die Augen auf
den Mund und schreit mit uns: Schreit nein.

Günter Ohnemus

Pfannkuchen

Irgendwann 1944 oder 1945 flogen amerikanische Tiefflieger über
unsere Stadt. Sie warfen Bomben und schossen mit ihren Maschi-
nengewehren. Sie warfen Bomben auf die Häuser der Stadt und auf
einen Bierkeller. Fast alle Leute, die sich vor den Tieffliegern in den
Bierkeller geflüchtet hatten, kamen dabei ums Leben. Die Tiefflieger warfen auch Bomben auf die Eisenbahnbrücke, aber sie trafen
nicht. Die Bomben fielen ins Wasser.

Mein Großvater sagte: «Na ja, die Amis.»

Meine Großmutter sagte immer: «Wenn sie doch bloß die Brücke
getroffen hätten und nicht den Bierkeller.»

Die Tiefflieger schossen die ganze Zeit mit ihren Maschinenge-
wehren; sie schossen auf die Straßen, in Fenster und Dachböden,
auf die Schulen und auf die Kastanienbäume an der Promenade. Am
häufigsten trafen sie Dachböden und die Fenster in den oberen
Stockwerken. Das ist für Tiefflieger wahrscheinlich am einfachsten.
Ich habe mir als Kind oft vorgestellt, wo man sich in unserer Woh-

nung am besten vor Tieffliegern verstecken konnte. Unser Badezimmer hatte kein Fenster, und man mußte durch zwei Türen schießen, wenn man jemanden darin treffen wollte. Zwischen 1949 und 1956 lag ich oft in der Badewanne und wartete auf das Tackern der Maschinengewehre.

Die Tieffflieger trafen auch unser Haus. Meine Mutter und meine Großeltern und alle waren im Keller, als die Kugeln der Maschinengewehre in unseren Dachboden einschlugen. Auf irgendeine Art trafen die Kugeln nur Weihnachtssachen: sie durchschlugen die Kartons mit dem Christbaumschmuck, rissen zwei große Löcher, wie Bombeneinschläge, in die Krippe und köpften einige Krippenfiguren. Maria, Josef, zwei Schafe und einen Hirten. Die Kugeln trennten den Kopf vom Rumpf, sauber wie eine Guillotine. Ich habe mir nie vorstellen können, wie das zugegangen ist, zumindest die Köpfe hätten doch vollständig zertrümmert werden müssen.

Mein Großvater klebte die Köpfe wieder an und machte, in Gegenwart meiner entrüsteten Großmutter, ein paar sarkastische Bemerkungen über die göttliche Vorsehung. Maria, Josef, die Schafe und der Hirt kamen noch fünfundzwanzig Jahre lang alle Jahre wieder vom Dachboden ins Wohnzimmer und waren immer wiederkehrender Anlaß zu Spekulationen über die Gnade Gottes, die Schrecken des Krieges und die Schießausbildung bei den amerikanischen Luftstreitkräften.

Meine Großmutter sagte: «Den Jesus haben sie nicht getroffen.»

Mein Großvater sagte: «Der war doch in einer andern Schachtel.»

«Das ist es ja eben», sagte meine Großmutter. «Er war in einer ganz anderen Schachtel.»

Meine Mutter war damals zweiundzwanzig oder dreiundzwanzig Jahre alt. Auf den Photos aus dieser Zeit sieht sie aus wie ein sehr junges Mädchen, das zuschaut. Wahrscheinlich hat es ihr Spaß gemacht, daß Maria und Josef für eine Weile enthauptet waren und der Kleine sich in einer anderen Schachtel versteckt hatte. In dieser aufgeregten Zeit, in der meine Mutter zweiundzwanzig oder dreiundzwanzig war, muß es eine Menge Sachen gegeben haben, vor denen man sich nicht in Schachteln verstecken konnte. Und die sehr jungen Mädchen schauten zu und warteten.

Als der Krieg zu Ende war, bekam meine Mutter ein Kind, «Kriegsware» nannte man das damals, wurde verlassen, fühlte sich verlassen, und drehte den Gashahn auf, wie man so sagt.

Als die Tieffflieger Maria, Josef und die anderen Krippenfiguren enthauptet und auf die Kastanienbäume an der Promenade geschossen hatten, als sie ihre letzten Bomben neben der Eisenbahnbrücke in den Fluß geworfen hatten, drehten sie eine Runde um die Stadt und flogen noch mal über den Fluß.

Drüben saßen zwei Mädchen, sie waren fünfzehn oder sechzehn, im Küchenfenster im ersten Stock eines Zweifamilienhauses und aßen Pfannkuchen. Sie mampften ihre Pfannkuchen, schleckten sich die Marmelade von den Fingern, redeten über ein paar Schulbuben oder über den alten Lehrer und schauten zu, wie die Flugzeuge um die Stadt kreisten.

Als die Tiefflieger über den Fluß herüberkamen, wunderten sich die beiden, daß man mit einem Flugzeug so tief fliegen konnte.

«Ach die Amis», sagte mein Großvater immer. «Da, wo sie treffen sollen, treffen sie nie.»

Meine Großmutter sagte: «Wenn sie doch bloß die Brücke getroffen hätten.»

Eins der Mädchen wurde von den Kugeln der Maschinengewehre am Kopf getroffen. Ihr Pfannkuchen fiel wahrscheinlich in den Garten hinunter.

Meine Großmutter sagte: «Der anderen ist nichts passiert, aber dem Gretchen haben sie den Kopf abgeschossen.»

Ich habe mir als Kind oft vorgestellt, daß meine Mutter die andere war, der nichts passiert ist. Sie ist noch eine Weile ganz ruhig dagesessen und hat aus dem Fenster geschaut, den Teller mit den Pfannkuchen genommen und ihn auf den Küchentisch gestellt, auf dem das Glas mit Marmelade stand.

Inge Stolten

Dezember

Vor einigen Tagen hatte ich außerhalb Hamburgs zu arbeiten und kam am späten Nachmittag mit dem Zug zurück. Bis zu einer privaten Verabredung blieb mir noch etwas Zeit. Ich wollte sie nutzen, um in der Nähe des Hauptbahnhofs einige Kleinigkeiten zu besorgen.

Die Menschen strömten in Massen zu den Ausgängen und in die unterirdischen Eingänge der Warenhäuser, stauten sich vor den Wühltischen, die wie Barrieren aufgebaut werden. Über allem lag die übliche Musikberieselung. Nein, nicht die übliche, ich horchte auf – Weihnachtslieder erklangen. An den Weihnachtsrummel hatte ich nicht gedacht, das so nah bevorstehende Fest der Feste einfach vergessen.

Es bedeutet mir nichts. Ich nutze es nicht als Gelegenheit, alle zu beschenken, oder fühle mich gar gezwungen, es zu tun. Aber ich verdamme die anderen auch nicht, es ist mir eher gleichgültig, was sie treiben. Und doch begann ich darüber nachzudenken. Natürlich schenke ich gern und werde gern beschenkt, überraschend an irgendeinem Tag des Jahres.

Unbeabsichtigt lief ich an weihnachtlich glitzernden Schaufenstern vorbei, über mir die Lichterketten. Und ich dachte an andere Jahre, in denen es nicht einmal Strom zum Kochen gab, das Kerzenlicht im Luftschutzkeller keine Festtagsstimmung erzeugte, die Wohnung kalt und die Schaufenster leer waren. Jetzt blitzt es dort von Silber und Gold, und nicht nur bei Juwelieren. Ob Schuhe, Kleider oder Schmückendes fürs Heim, Glanz ist gefragt, mag er nun echt oder unecht sein. Durch die Einkaufsstraße zog ein Geruch von Gebratenem, von Schmalzgebäck und gerösteten Mandeln. Damals blieb es ein unerfüllbarer Wunsch, sich nur ein einziges Mal richtig satt zu essen. Bei jeder guten Mahlzeit fällt mir das ein, und ich kann sie genießen. Eine junge Frau fand das beneidenswert; sie schien fast zu bedauern, daß sie nie «schlechte Zeiten» erlebte. Viele in unserem Land haben sie verdrängt, und nehmen den Wohlstand als etwas Selbstverständliches. Sie wollen immer mehr und haben nichts davon.

Im Autobus dann die abgehetzten, mit Paketen beladenen Menschen. Der Bus war im weihnachtlichen Verkehrsgewühl steckengeblieben. Viele werden erleichtert aufatmen, wenn der Festtagsrummel endlich überstanden ist. Und sich im nächsten Jahr aufs neue hineinstürzen. Wer zwingt sie eigentlich dazu? Allzu schnell wird der Konsumzwang oder gar der Konsumterror dafür verantwortlich gemacht. Auch von denen, die sich zu den mündigen Bürgern zählen. So zieht man sich aus der Affäre, die man selbst verschuldet hat.

Ich hätte zu Fuß zu meiner Verabredung gehen sollen, der Stau wollte sich nicht auflösen. Wenig Tröstliches kam über den Sprechfunk, völlig zusammengebrochen war der Verkehr, den der Schnee zusätzlich behinderte. Zu früh sei der gekommen, beklagte sich jemand hinter mir, wahrscheinlich würde es wieder nichts mit einer weißen Weihnacht; und im Grunde sei es sowieso Unsinn, dem Kind einen teuren Schlitten zu kaufen, den es gar nicht benutzen könne hier. Warum bekommt das Kind sein Geschenk nicht sofort? Warum muß es unbedingt unter dem Weihnachtsbaum sein? Ich kann hierin keinen Sinn erkennen. Die Vorbereitungen vieler Menschen auf das Christfest, das es für sie ja nicht einmal ist, bleiben mir unverständlich. Vielleicht liegt es daran, daß sich für mich mit den Weihnachtswochen, mit dem Monat Dezember ganz anderes verbindet.

1939 verbrachte ich ihn als Arbeitsmaid in der Festung Dömitz, in die ich wegen «politischer Unzuverlässigkeit» strafversetzt worden war. Die Elbbrücke, über die ich täglich zum Bauern gehen mußte, um vereiste Rüben zu ernten, wurde von Soldaten bewacht. Hitler hatte den Krieg begonnen.

Im Dezember 1943 waren viele meiner Freunde verhaftet. Einen davon sehe ich regelmäßig bei der Zusammenkunft, zu der mich der Autobus jetzt bringen würde. Nach einem anderen, Hans Leipelt, ist heute in Hamburg-Wilhelmsburg eine Straße benannt. Noch am 29. Januar 1945, wenige Monate vor dem Ende der Diktatur, wurde der Dreiundzwanzigjährige mit dem Fallbeil hingerichtet.

1944 robbte ich im Dezember über einen Kasernenhof in Rendsburg, sollte lernen mit Waffen umzugehen und wurde gezwungen, mich freiwillig bereit zu erklären, eine «treue Waffengefährtin des Mannes zu sein». Die Chance, das «Dritte Reich» zu überleben, übrigzubleiben, war geringer geworden, aber ich hatte Glück.

Gold ist Glück – lese ich jetzt in ganzseitigen Anzeigen; Uhren werden «zu einem unvergeßlichen Ereignis» durch drei bewegliche Diamanten und einen Preis von fast 4000 Mark. Und ein Mann, «der sicher zwischen dem Besonderen und dem Exclusiven zu unterscheiden weiß», wählt «das Außergewöhnliche und seinen bleibenden Wert». Ihn stört natürlich nicht der Preis von 13450 Mark für das Collier mit Diamant-Solitär. Das ist kein Geschenk für jede Frau, aber auch Warenhäuser bieten immer Teureres an, besonders zu Weihnachten.

Vor dem Fest packt auch Leute das Geschenkfieber, denen ich mehr Widerstandskraft zugetraut hätte. An dem Tag, als ich versehentlich in den Weihnachtsrummel geriet, war die Wohnung unserer Gastgeberin leerer als sonst. Etliche Gäste hatten abgesagt – wegen der Weihnachtseinkäufe, die sie arg strapazierten.

Der Dezember wird für mich immer eine andere Bedeutung behalten. Als Geschenk empfinde ich, daß ich die Diktatur und den Krieg überlebte. Ein Geschenk von bleibendem Wert.

Margret Steenfatt
Der Gewinn

Sie trafen sich jedes Jahr zu Weihnachten.

Sie waren drei, und wenn überhaupt etwas an ihnen auffallend war, so ihre Unauffälligkeit.

Sie erschienen wie verwandt miteinander in ihren grauen Anzügen, die sich nur im Muster voneinander unterschieden. Auch ihr Haarschnitt hätte vom selben Friseur stammen können, und ihre Gesichter mit faltigen Wangen und glanzlosen Augen machten niemanden neugierig darauf, sie kennenzulernen. Sie selbst wollten auch gar nicht bekannt sein. Es genügte ihnen, daß sie sich kannten: Weimann, Hausen und Metzner.

«Fröhliche Weihnachten!» sagten Metzner und Hausen, wenn sie auf die Minute pünktlich bei Weimann vor der Haustür anlangten, und dann sagten sie noch mal «Fröhliche Weihnachten», wenn Weimann die Tür öffnete.

Was sie am vierundzwanzigsten Dezember zusammentrieb, hatte nur indirekt etwas mit Weihnachten zu tun.

Das Christfest war ihnen völlig gleichgültig, auch wenn es sich im Hinblick auf das von ihnen gewählte Datum ihrer alljährlichen Zusammenkunft und wegen des Glückwunsches, den sie tauschten, anders darstellte.

Sie trafen sich zu Weihnachten, weil sie immer noch nicht entdeckt worden waren, seit vielen Jahren nicht, obwohl sie sich nicht versteckten. Sie hatten sich nicht verkleiden und ihre Identität nicht verleugnen müssen. Sie konnten bleiben, wie sie waren, niemand merkte was. Natürlich redeten sie nicht darüber, und sie wurden auch nicht danach gefragt, was damals, am vierundzwanzigsten Dezember vor so vielen Jahren, passiert war.

Sie waren alle drei daran beteiligt gewesen.

Wenn sie sich jetzt zu Weihnachten trafen, war es nur noch eine Formsache festzustellen, ob alles beim alten war.

Weimann hatte wie immer den Tisch gedeckt.

Zehn Flaschen Badener Wein standen auf dem Teewagen, ein Körbchen mit Gebäck und ein Extrateller mit Käsestückchen dekorierten die eine Hälfte des Tisches, auf der anderen lag das Kartenspiel.

Hausens Platz gegenüber Metzner, und Weimann setzte sich nach dem Einschenken des Weines ans Tischende.

Sie redeten nicht viel miteinander. Die Regeln waren festgelegt.

Das Spiel: Sechsundsechzig.

Sie spielten um Markstücke.

Damals hatten sie Fünfzigmarkscheine eingesetzt.

Metzner war Gewinner gewesen. Neben seinem Weinglas auf dem einfachen Holztisch des Lagerbüros hatten sich die Scheine gestapelt.

Metzner gewann immer, weil er Sechsundsechzig seit seiner Kindheit beherrschte.

Eigentlich war es für ihn – so oft gespielt – kein spannendes Spiel mehr. Aber damals war es spannend geworden.

Die Idee hatte Hausen gehabt.

Metzner sollte an Stelle des Geldes eine Frau als Preis gewinnen, eine von denen, für die Hausen als Lagerleiter den nächsten Morgen als letzten Morgen bestimmt hatte.

Sie waren keine Frauenhelden, Metzner, Hausen und Weimann, wie gesagt, sie waren eher unscheinbar. Metzner wollte eigentlich auch nicht; aber Hausen und Weimann ließen nicht locker.

Jetzt bekäme er seine Chance.

Als die Frau hereingebracht wurde, verlor Metzner den Mut, den er sich mit einem siebenten Glas Wein angetrunken hatte. Die Frau war nicht schön, sie war viel zu mager, kein Wunder bei der kargen Lagerkost. Sie stand da, sah die drei Männer an, stumm.

Metzner genügte es, im Spiel gewonnen zu haben, er wollte die Frau nicht und ärgerte sich über Hausen und dessen dummen Einfall.

Hausen fing gleich an zu befehlen. Er mochte es nicht, wenn man ihm nicht gehorchte.

Die Frau stand weiter stumm da, gehorchte nicht.

Wenn sie nur etwas gesagt oder getan, sich gewehrt, geschrien hätte.

Weimann grinste, als Hausen auf die Frau zuging.

Metzner machte es überhaupt keinen Spaß, jedoch die anderen bestanden darauf, daß er als Gewinner bei der Frau der Erste wäre.

Hausen war der Letzte. Entweder war er zu brutal, oder die Frau war zu schwach.

Hausen behauptete, sie wären es alle drei gewesen. In den letzten Wochen vor Weihnachten waren viele im Lager auf die eine oder andere Art ums Leben gekommen.

Aber am Heiligabend, meinte Metzner, hätte es nicht passieren dürfen.

Seitdem waren viele Heiligabende vergangen.

Metzner, Hausen und Weimann waren von der alten Staatsordnung in eine neue übergewechselt. Ihre anfänglichen Befürchtungen, wegen dieses Vorfalls oder anderer, die im Lager geschehen waren, zur Rechenschaft gezogen zu werden, erwiesen sich als unbegründet.

«Noch eine Flasche?» fragte Weimann, als Metzner zum drittenmal seine Trümpfe ausspielte und schon wieder am Gewinnen war.

«Einmal im Jahr können wir uns was gönnen», sagte Hausen und hielt Weimann sein Glas hin.

Von Weihnachts-
und anderen Männern

Roswitha Fröhlich

Warum der Weihnachtsmann ein Mann ist (Schüleraufsatz)

Der Weihnachtsmann ist ein Mann, weil, wenn er eine Frau wäre, müßte es Weihnachtsfrau heißen, und alle wären verunsichert. Auch flößt ein Mann mehr Respekt ein, da er eine lautere Stimme hat und kräftiger gebaut ist, was sich besonders beim Tragen des Sackes als vorteilhaft erweist, welchen der Weihnachtsmann drauß im Walde herumschleppen muß. Ganz abgesehen davon, daß eine Weihnachtsfrau niemals einen so langen Bart aufweisen könnte, vertrete ich die Ansicht, daß eine Frau um die Weihnachtszeit Wichtigeres zu tun hat, als dem Manne auch noch dieses Prifileg streitig zu machen. Weihnachtsmann bleibt Weihnachtsmann!

Klaus-Dieter (13)

PS. Auch mein Vater vertritt diese Auffassung.

Roswitha Fröhlich

Küchenmonolog, weiblich

Erstes Blech, zweites Blech, drittes Blech ... Haferflockenmakronen. Warum eigentlich Haferflocken? Nur weil Erwin seinen Mutterkomplex oder wie nennt man das, na, ist ja auch egal, also nur weil der nicht von seiner Alten loskommt, innerlich, obwohl die doch schon – wie lange ist das her? – sechs Jahre, klar, genau vor sechs Jahren haben wir zum letztenmal bei der zu Hause diese verdammten Dinger vorgesetzt bekommen, an denen ich mir fast den linken Schneidezahn ... aber ist ja noch mal gutgegangen, Gott sei Dank, sonst hätte ich hinterher bei der Beerdigung, also diese steinharten Kackhäufchen habe ich schon immer gehaßt, ehrlich, reinster Masochismus, daß ich die nun trotzdem, nur weil Erwin seinen Mutterkomplex ... Schon wieder angebrannt, ich hab's ja geahnt. Wahrscheinlich ist das psychisch, also wegen meiner psychischen Ablehnung, innerlich, man weiß ja nie, wo das Unterbewußtsein zuschlägt. Aber im Grunde hat Erwin ja recht, wenn er von Weihnachten schwärmt, früher. Christbaum, Kirche, Gänsebraten. Da war die Welt doch wenigstens noch in Ordnung ... auch wenn ich bei denen zu Hause – also geschenkt. Und heute? Typische Ersatzhandlung, was ich hier treibe, während Erwin, also der könnte ja auch mal mit anpacken, aber nein, vor Weihnachten schaltet er ab, oder besser – um. Plätzchenbacken – Weibersache, wie im Lehrbuch. Und wo er doch sonst so drauf aus ist, seinen Ruf nicht zu verlieren. Hausmann, ha ha, wenn's nach Weihnachten riecht, bleibt nichts davon übrig als das liebe kleine Bübele, das mal vom Kuchenteig schlecken darf ... Vielleicht sollte ich etwas Senf unter die Haferflocken? Oder Meerrettich? Gute Idee. Die Sache ist nur, daß ich vergessen habe, das Zeug zu besorgen, und wo wir's doch für die Würstchen morgen abend brauchen. Und auf den Würstchen bestehe ich, da kann mir keiner, ob mit oder ohne Senf. Irgendwie *muß* man sich ja schließlich absetzen von diesem verdammten bürgerlichen Weihnachten.

Na was sag ich? Haferflockenplätzchen wie bei Muttern! Rein mit dem vierten Blech. Und diesmal brennst du mir nicht an, verstanden?

Peter Schütt

Die göttliche Wende
der Weltgeschichte

Es hätte auch so
kommen können:
die Stunde Null
im Stall von Bethlehem,
der 24. Dezember,
kurz vor Mitternacht.
Maria bringt eben
unter Schmerzen,
ohne ärztlichen Beistand,
ihr göttliches Kind
zur Welt, und ihr
unschuldiger Bräutigam
stellt verwundert fest:
«Jesses, Maria,
ein Mädchen ...»

Dann hätte sich
von Anfang an
das Ewigweibliche
durchgesetzt, eine Frau
hätte uns von unseren Sünden
erlöst, und die Herren
der Schöpfung müßten,
falls sie nicht beizeiten
entmachtet oder entmannt
worden wären, auf alle Fälle
ohne die ferneren Zeichen
ihrer Manneswürde, ohne
Knüppel, Schwerter und Raketen,
die Welt regieren.

Georges Hausemer

Der Auftritt

Der Weihnachtsmann, der gestern abend auf Einladung der Luxemburger Künstlergewerkschaft in der Künstlerbar des Escher Theaters Proben seines Könnens gab, war ein schwergewichtiger Mann
von etwa fünfzig Jahren. Obwohl wir uns unter einem Weihnachtsmann eher einen jungen, attraktiven, sportlichen Mann zwischen
fünfundzwanzig und fünfunddreißig Jahren vorgestellt hatten,
müssen wir heute, nach dem von der Luxemburger Künstlergewerkschaft in der Künstlerbar des Escher Theaters organisierten,
gelungenen Abend ohne Einschränkung zugeben, daß das Können
dieses korpulenten Weihnachtsmannes, der bei seinen Darbietun-
gen nichts an Mut und zuweilen an Todesverachtung grenzender
Waghalsigkeit vermissen ließ, uns in hohem Maße beeindruckt hat.
Vielleicht kommt unsere Begeisterung für diesen ungewöhnlichen
Mann aber auch daher, daß er, der schwergewichtige Weihnachtsmann uns trotz seines wahrlich nicht zu unterschätzenden Körpergewichts sehr anschaulich vorgeführt hat, daß man als Weihnachtsmann nicht unbedingt jung, attraktiv, sportlich und um die dreißig
Jahre alt sein muß. Der von der Luxemburger Künstlergewerk-
schaft eingeladene Weihnachtsmann hat also nicht allein durch sein
Können als Weihnachtsmann unser Staunen und unsere Begeiste-

rung auf sich gelenkt, sondern – und das können wir heute mit hundertprozentiger Sicherheit behaupten – auch dadurch, daß er, wegen seines Körpergewichts, unsere Vorstellungen eines Weihnachtsmannes auf den Kopf gestellt und uns alle eines Besseren belehrt hat. Wäre der Weihnachtsmann, der gestern abend auf Einladung der Luxemburger Künstlergewerkschaft in der Künstlerbar des Escher Theaters Proben seines Könnens gab, ein junger, schön anzuschauender Jüngling von ungefähr dreißig Jahren gewesen, so hätten wir zwar gewiß nicht weniger applaudiert, aber mit fast an Sicherheit grenzender Wahrscheinlichkeit hätten wir die Künstlerbar des Escher Theaters mit derselben Vorstellung eines Weihnachtsmannes verlassen, mit der wir die Künstlerbar des Escher Theaters zwei Stunden zuvor betreten hatten.

Herbert Witzel

Adventskalendergeschichte aus dem alten Berlin

Am letzten Sonntag im November 75 trug es sich zu, daß ein verschnupfter Maschinenbau-Student an der Haltestelle stand, auf den Neunzehner wartete und plötzlich ein sanftes Klimpern vernahm, welches mehr und mehr anschwoll, bis auf einmal ein bärtiger, dick bepelzter Mann in einem von sieben weißen Rentieren gezogenen Schlitten um die Ecke bog und «Brrr!» rufend vor dem staunenden Studenten anhielt. Das Klimpern rührte von einer koffergroßen Spieluhr im Heck her, an der dauernd ein allerliebstes Engelchen die Walze mit dem River-Kwai-Marsch drehte und solcherart das Autoradio ersetzte.

«Guten Tag», sagte der Schlittenfahrer, «ich bin Knecht Ruprecht, und weil du deine Ausbildungsförderung nie versoffen, sondern immer brav für Fachliteratur ausgegeben hast, darfst du dir heute, am 1. Advent, etwas wünschen.»

«Hmm», machte der Student und schüttelte ein paar Schneeflokken von seinem Parka, «wenn das so ist, dann wünsche ich mir den Null-Tarif.»

«Gemach, gemach», schmunzelte Knecht Ruprecht, «so weit sind wir noch nicht, aber weil du es bist, habe ich dir ein Dutzend Umsteiger-Sammelkarten mitgebracht, frisch aus der Druckerei vom Weihnachtsmann am Nordpol.» Sprach's, drückte dem Studenten einen Umschlag in die Hand, rief den Rentieren ein «Kommando Pimperlinge!» zu, und Huii! ging's aufwärts Richtung Milchstraße.

Damit ist die Geschichte eigentlich zu Ende. Bleibt nur nachzutragen, daß der Kontrolleur nicht an Knecht Ruprecht glaubte, aber eines Tages wird auch aus diesem Saulus ein Paulus werden, und dann ist Weihnachten.

(Der Text entstand, als in West-Berlin Bus- und U-Bahn-Fahrkarten nachgedruckt und in Hausbriefkästen verteilt wurden.)

Robert Gernhardt

Die Falle

Da Herr Lemm, der ein reicher Mann war, seinen beiden Kindern zum Christfest eine besondere Freude machen wollte, rief er Anfang Dezember beim Studentenwerk an und erkundigte sich, ob es stimme, daß die Organisation zum Weihnachtsfest Weihnachtsmänner vermittle. Ja, das habe seine Richtigkeit. Studenten stünden dafür bereit, 25 DM koste eine Bescherung, die Kostüme brächten die Studenten mit, die Geschenke müßte der Hausherr natürlich selbst stellen. «Versteht sich, versteht sich», sagte Herr Lemm, gab die Adresse seiner Villa in Berlin-Dahlem an und bestellte einen Weihnachtsmann für den 24. Dezember um 18 Uhr. Seine Kinder seien noch klein, und da sei es nicht gut, sie allzulange auf die Bescherung warten zu lassen. Der bestellte Weihnachtsmann kam pünktlich. Er war ein Student mit schwarzem Vollbart, unter dem Arm trug er ein Paket.

«Wollen Sie so auftreten?» fragte Herr Lemm.

«Nein», antwortete der Student, «da kommt natürlich noch ein weißer Bart darüber. Kann ich mich hier irgendwo umziehen?»

Er wurde in die Küche geschickt. «Da stehen aber leckere Sachen», sagte er und deutete auf die kalten Platten, die auf dem Küchentisch standen. «Nach der Bescherung, wenn die Kinder im Bett sind, wollen noch Geschäftsfreunde meines Mannes vorbeischauen», erwiderte die Hausfrau. «Daher eilt es etwas. Könnten Sie bald anfangen?»

Der Student war schnell umgezogen. Er hatte jetzt einen roten Mantel mit roter Kapuze an und band sich einen weißen Bart um.

«Und nun zu den Geschenken», sagte Herr Lemm. «Diese Sachen sind für den Jungen, Thomas», er zeigte auf ein kleines Fahrrad und andere Spielsachen –, «und das bekommt Petra, das Mädchen, ich meine die Puppe und die Sachen da drüben. Die Namen stehen jeweils drauf, da wird wohl nichts schiefgehen. Und hier ist noch ein Zettel, auf dem ein paar Unarten der Kinder notiert sind, reden Sie ihnen mal ins Gewissen, aber verängstigen Sie sie nicht, vielleicht genügt es, etwas mit der Rute zu drohen. Und versuchen Sie, die Sache möglichst rasch zu machen, weil wir noch Besuch erwarten.»

Der Weihnachtsmann nickte und packte die Geschenke in den Sack. «Rufen Sie die Kinder schon ins Weihnachtszimmer, ich komme gleich nach. Und noch eine Frage. Gibt es hier ein Telefon? Ich muß jemanden anrufen.»

«Auf der Diele rechts.»

«Danke.»

Nach einigen Minuten war dann alles soweit. Mit dem Sack über dem Rücken ging der Student auf die angelehnte Tür des Weihnachtszimmers zu. Einen Moment blieb er stehen. Er hörte die Stimme von Herrn Lemm, der gerade sagte: «Wißt ihr, wer jetzt gleich kommen wird? Ja, Petra, der Weihnachtsmann, von dem wir euch schon so viel erzählt haben. Benehmt euch schön brav ...»

Fröhlich öffnete er die Tür. Blinzelnd blieb er stehen. Er sah den brennenden Baum, die erwartungsvollen Kinder, die feierlichen Eltern. Es hatte geklappt, jetzt fiel die Falle zu. «Guten Tag, liebe Kinder», sagte er mit tiefer Stimme. «Ihr seid also Thomas und Petra. Und ihr wißt sicher, wer ich bin, oder?»

«Der Weihnachtsmann», sagte Thomas etwas ängstlich.

«Richtig. Und ich komme zu euch, weil heute Weihnachten ist. Doch bevor ich nachschaue, was ich alles in meinem Sack habe, wollen wir erst einmal ein Lied singen. Kennt ihr ‹Stille Nacht, heilige Nacht›? Ja? Also!»

Er begann mit lauter Stimme zu singen, doch mitten im Lied brach er ab. «Aber, aber, die Eltern singen ja nicht mit! Jetzt fangen wir alle noch mal von vorne an. Oder haben wir den Text etwa nicht gelernt? Wie geht denn das Lied, Herr Lemm?»

Herr Lemm blickte den Weihnachtsmann befremdet an. «Stille Nacht, heilige Nacht, alles schläft, einer wacht ...»

Der Weihnachtsmann klopfte mit der Rute auf den Tisch: «Einsam wacht! Weiter! Nur das traute ...»

«Nur das traute, hochheilige Paar», sagte Frau Lemm betreten, und leise fügte sie hinzu: «Holder Knabe im lockigen Haar.»

«Vorsagen gilt nicht», sagte der Weihnachtsmann barsch und hob die Rute. «Wie geht es weiter?»

«Holder Knabe im lockigen ...»

«Im lockigen Was?»

«Ich weiß es nicht», sagte Herr Lemm. «Aber was soll denn diese Fragerei? Sie sind hier, um ...»

Seine Frau stieß ihn in die Seite, und als er die erstaunten Blicke seiner Kinder sah, verstummte Herr Lemm.

«Holder Knabe im lockigen Haar», sagte der Weihnachtsmann, «Schlaf in himmlischer Ruh, schlaf in himmlischer Ruh. Das nächste Mal lernen wir das besser. Und jetzt singen wir noch einmal miteinander: ‹Stille Nacht, heilige Nacht›.»

«Gut, Kinder», sagte er dann. «Eure Eltern können sich ein Beispiel an euch nehmen. So, jetzt geht es an die Bescherung. Wir wollen doch mal sehen, was wir hier im Sack haben. Aber Moment, hier liegt ja noch ein Zettel!» Er griff nach dem Zettel und las ihn durch.

«Stimmt das, Thomas, daß du in der Schule oft ungehorsam bist und den Lehrern widersprichst?»

«Ja», sagte Thomas kleinlaut.

«So ist es richtig», sagte der Weihnachtsmann. «Nur dumme Kinder glauben alles, was ihnen die Lehrer erzählen. Brav, Thomas.»

Herr Lemm sah den Studenten beunruhigt an.

«Aber ...» begann er. «Sei doch still», sagte seine Frau.

«Wollten Sie etwas sagen?» fragte der Weihnachtsmann Herrn Lemm mit tiefer Stimme und strich sich über den Bart.

«Nein.»

«Nein, lieber Weihnachtsmann, heißt das immer noch. Aber jetzt kommen wir zu dir, Petra. Du sollst manchmal bei Tisch reden, wenn du nicht gefragt wirst, ist das wahr?» Petra nickte. «Gut so», sagte der Weihnachtsmann. «Wer immer nur redet, wenn er gefragt wird, bringt es in diesem Leben zu nichts. Und da ihr so brave Kinder seid, sollt ihr nun auch belohnt werden. Aber bevor ich in den Sack greife, hätte ich gerne etwas zu trinken.» Er blickte die Eltern an.

«Wasser?» fragte Frau Lemm.

«Nein, Whisky. Ich habe in der Küche eine Flasche ‹Chivas Regal› gesehen. Wenn Sie mir davon etwas einschenken würden? Ohne Wasser, bitte, aber mit etwas Eis.»

«Mein Herr!» sagte Herr Lemm, aber seine Frau war schon aus

dem Zimmer. Sie kam mit einem Glas zurück, das sie dem Weihnachtsmann anbot. Er leerte es und schwieg.

«Merkt euch eins, Kinder», sagte er dann. «Nicht alles, was teuer ist, ist auch gut. Dieser Whisky kostet etwa 50 DM pro Flasche. Davon müssen manche Leute einige Tage leben, und eure Eltern trinken das einfach 'runter. Ein Trost bleibt: der Whisky schmeckt nicht besonders.»

Herr Lemm wollte etwas sagen, doch als der Weihnachtsmann die Rute hob, ließ er es.

«So, jetzt geht es an die Bescherung.»

Der Weihnachtsmann packte die Sachen aus und überreichte sie den Kindern. Er machte dabei kleine Scherze, doch es gab keine Zwischenfälle, Herr Lemm atmete leichter, die Kinder schauten respektvoll zum Weihnachtsmann auf, bedankten sich für jedes Geschenk und lachten, wenn er einen Scherz machte. Sie mochten ihn offensichtlich.

«Und hier habe ich noch etwas Schönes für dich, Thomas», sagte der Weihnachtsmann. «Ein Fahrrad. Steig mal drauf.» Thomas strampelte, der Weihnachtsmann hielt ihn fest, gemeinsam drehten sie einige Runden im Zimmer.

«So, jetzt bedankt euch mal beim Weihnachtsmann!» rief Herr Lemm den Kindern zu. «Er muß nämlich noch viele, viele Kinder besuchen, deswegen will er jetzt leider gehen.» Thomas schaute den Weihnachtsmann enttäuscht an, da klingelte es. «Sind das schon die Gäste?» fragte die Hausfrau. «Wahrscheinlich», sagte Herr Lemm und sah den Weihnachtsmann eindringlich an. «Öffne doch.»

Die Frau tat das, und ein Mann mit roter Kapuze und rotem Mantel, über den ein langer weißer Bart wallte, trat ein. «Ich bin Knecht Ruprecht», sagte er mit tiefer Stimme.

Währenddessen hatte Herr Lemm im Weihnachtszimmer noch einmal behauptet, daß der Weihnachtsmann jetzt leider gehen müsse. «Nun bedankt euch mal schön, Kinder», rief er, als Knecht Ruprecht das Zimmer betrat. Hinter ihm kam Frau Lemm und schaute ihren Mann achselzuckend an.

«Da ist ja mein Freund Knecht Ruprecht», sagte der Weihnachtsmann fröhlich.

«So ist es», erwiderte dieser. «Da drauß' vom Walde komm ich her, ich muß euch sagen, es weihnachtet sehr. Und jetzt hätte ich gerne etwas zu essen.»

«Wundert euch nicht», sagte der Weihnachtsmann zu den Kindern gewandt. «Ein Weihnachtsmann allein könnte nie all die Kinder bescheren, die es auf der Welt gibt. Deswegen habe ich Freunde, die mir dabei helfen: Knecht Ruprecht, den heiligen Nikolaus und noch viele andere ...»

Es klingelte wieder. Die Hausfrau blickte Herrn Lemm an, der so verwirrt war, daß er mit dem Kopf nickte; sie ging zur Tür und öffnete. Vor der Tür stand ein dritter Weihnachtsmann, der ohne Zögern eintrat. «Puh», sagte er. «Diese Kälte! Hier ist es beinahe so kalt wie am Nordpol, wo ich zu Hause bin!»

Mit diesen Worten betrat er das Weihnachtszimmer. «Ich bin Sankt Nikolaus», fügte er hinzu, «und ich freue mich immer, wenn ich brave Kinder sehe. Das sind sie doch – oder?»

«Sie sind sehr brav», sagte der Weihnachtsmann. «Nur die Eltern gehorchen nicht immer, denn sonst hätten sie schon längst eine von den kalten Platten und etwas zu trinken gebracht.»

«Verschwinden Sie!» flüsterte Herr Lemm in das Ohr des Studenten.

«Sagen Sie das doch so laut, daß Ihre Kinder es auch hören können», antwortete der Weihnachtsmann.

«Ihr gehört jetzt ins Bett», sagte Herr Lemm.

«Nein», brüllten die Kinder und klammerten sich an den Mantel des Weihnachtsmannes.

«Hunger», sagte Sankt Nikolaus.

Die Frau holte ein Tablett. Die Weihnachtsmänner begannen zu essen. «In der Küche steht Whisky», sagte der erste, und als Frau Lemm sich nicht rührte, machte sich Knecht Ruprecht auf den Weg. Herr Lemm lief hinter ihm her. In der Diele stellte er den Knecht Ruprecht, der mit einer Flasche und einigen Gläsern das Weihnachtszimmer betreten wollte.

«Lassen Sie die Hände vom Whisky!»

«Thomas!» rief Knecht Ruprecht laut, und schon kam der Junge auf seinem Fahrrad angestrampelt. Erwartungsvoll blickte er Vater und Weihnachtsmann an.

«Mein Gott, mein Gott», sagte Herr Lemm, doch er ließ Knecht Ruprecht vorbei.

«Tu was dagegen», sagte seine Frau. «Das ist ja furchtbar. Tu was!»

«Was soll ich tun?» fragte er, da klingelte es.

«Das werden die Gäste sein!»

«Und wenn sie es nicht sind?»

«Dann hole ich die Polizei!»

Herr Lemm öffnete. Ein junger Mann trat ein. Auch er hatte einen Wattebart im Gesicht, trug jedoch keinen roten Mantel, sondern einen weißen Umhang, an dem er zwei Flügel aus Pappe befestigt hatte.

Der Weihnachtsmann, der auf die Diele getreten war, als er das Klingeln gehört hatte, schwieg wie die anderen. Hinter ihm schauten die Kinder, Knecht Ruprecht und Sankt Nikolaus auf den Gast.

«Grüß Gott, lieber ...» sagte Knecht Ruprecht schließlich.

«Lieber Engel Gabriel», ergänzte der Bärtige verlegen. «Ich komme, um hier nachzuschauen, ob auch alle Kinder artig sind. Ich bin nämlich einer von den Engeln auf dem Felde, die den Hirten damals die Geburt des Jesuskindes angekündigt haben. Ihr kennt doch die Geschichte, oder?»

Die Kinder nickten, und der Engel ging etwas befangen ins Weihnachtszimmer. Zwei Weihnachtsmänner folgten ihm, den dritten, es war jener, der als erster gekommen war, hielt Herr Lemm fest. «Was soll denn der Unfug?» fragte er mit einer Stimme, die etwas zitterte. Der Weihnachtsmann zuckte mit den Schultern. «Ich begreif auch nicht, warum er so antanzt. Ich habe ihm ausdrücklich gesagt, er solle als Weihnachtsmann kommen, aber wahrscheinlich konnte er keinen roten Mantel auftreiben.»

«Sie werden jetzt alle schleunigst hier verschwinden», sagte Herr Lemm.

«Schmeißen Sie uns doch raus», erwiderte der Weihnachtsmann und zeigte ins Weihnachtszimmer. Dort saß der Engel, aß Schnittchen und erzählte Thomas davon, wie es im Himmel aussah. Die Weihnachtsmänner tranken und brachten Petra ein Lied bei, das mit den Worten begann: «Nun danket alle Gott, die Schule ist bankrott.»

«Wieviel verlangen sie?» fragte Herr Lemm.

«Wofür?»

«Für Ihr Verschwinden. Ich erwarte bald Gäste, das wissen Sie doch.»

«Ja, das könnte peinlich werden, wenn Ihre Gäste hier hereinplatzen würden. Was ist Ihnen denn die Sache wert?»

«Hundert Mark», sagte der Hausherr. Der Weihnachtsmann lachte und ging ins Zimmer. «Holt mal eure Eltern», sagte er zu Petra und Thomas. «Engel Gabriel will uns noch die Weihnachtsgeschichte erzählen.»

Die Kinder liefen auf die Diele. «Kommt», schrien sie, «Engel Gabriel will uns was erzählen.» Herr Lemm sah seine Frau an.

«Halt mir die Kinder etwas vom Leibe», flüsterte er, «ich rufe jetzt die Polizei an!» – «Tu es nicht», bat sie, «denk doch daran, was in den Kindern vorgehen muß, wenn Polizisten . . .» – «Das ist mir jetzt völlig egal», unterbrach Herr Lemm. «Ich tu's.»

«Kommt doch», riefen die Kinder. Herr Lemm hob den Hörer ab und wählte. Die Kinder kamen neugierig näher. «Hier Lemm», flüsterte er. «Lemm, Berlin-Dahlem. Bitte schicken Sie ein Überfallkommando.» – «Sprechen Sie bitte lauter», sagte der Polizeibeamte. «Ich kann nicht lauter sprechen, wegen der Kinder. Hier, bei mir zu Haus, sind drei Weihnachtsmänner und ein Engel und die gehen nicht weg . . .»

Frau Lemm hatte versucht, die Kinder wegzuscheuchen, es war ihr nicht gelungen. Petra und Thomas standen neben ihrem Vater und schauten ihn an. Herr Lemm verstummte.

«Was ist mit den Weihnachtsmännern?» fragte der Beamte, doch Herr Lemm schwieg weiter.

«Fröhliche Weihnachten», sagte der Beamte und hängte auf.

Da erst wurde Herrn Lemm klar, wie verzweifelt seine Lage war.

«Komm, Pappi», riefen die Kinder, «Engel Gabriel will anfangen.» Sie zogen ihn ins Weihnachtszimmer.

«Zweihundertfünfzig», sagte er leise zum Weihnachtsmann, der auf der Couch saß.

«Pst», antwortete der und zeigte auf den Engel, der «Es begab sich aber zu der Zeit» sagte und langsam fortfuhr. «Dreihundert.» Als der Engel begann, den Kindern zu erzählen, was der Satz «Und die war schwanger» bedeute, sagte Herr Lemm «Vierhundert» und der Weihnachtsmann nickte.

«Jetzt müssen wir leider gehen, liebe Kinder», sagte er. «Seid hübsch brav, widersprecht euren Lehrern, wo es geht, haltet die Augen offen und redet, ohne gefragt zu werden. Versprecht ihr mir das?»

Die Kinder versprachen es, und nacheinander verließen der Weihnachtsmann, Knecht Ruprecht, Sankt Nikolaus und der Engel Gabriel das Haus. «Ich fand es nicht richtig, daß du Geld genommen hast», sagte Knecht Ruprecht auf der Straße.

«Das war nicht geplant.»

«Leute, die sich Weihnachtsmänner mieten, sollen auch dafür zahlen», meinte Engel Gabriel.

«Aber nicht so viel.»

«Wieso nicht? Alles wird heutzutage teurer, auch das Bescheren.»

«Expropriation der Expropriateure», sagte der Weihnachtsmann.

«Richtig», sagte Sankt Nikolaus. «Wo steht geschrieben, daß der Weihnachtsmann immer nur etwas bringt? Manchmal holt er auch was.»

«In einer Gesellschaft, deren Losung ‹Hastuwasbistuwas› heißt, kann auch der Weihnachtsmann nicht sauber bleiben», sagte Engel Gabriel. «Es ist kalt», sagte der Weihnachtsmann.

«Vielleicht sollten wir das Geld einem wohltätigen Zweck zur Verfügung stellen», schlug Knecht Ruprecht vor.

«Erst einmal sollten wir eine Kneipe finden, die noch auf hat», sagte der Weihnachtsmann. Sie fanden eine, nahmen ihre Bärte ab, setzten sich und spendierten eine Lokalrunde, bevor sie weiter beratschlagten.

Peter Wagner

Wie man den singenden Vögeln das Fliegen beibringt

Eine Adventgeschichte

Er war ein besessener Denker, unser Weihnachtsmann vor dem Herzmansky. Da drehte er den Kaufwütigen nun schon vierzehn Tage lang seine zwitschernden Vögel made in Hongkong an, und noch immer dachte er angestrengt nach. Das dürfen wir mit einiger Sicherheit behaupten, sobald wir uns vergewissert haben, wer sich da eigentlich unter dem weinroten Mantel und dem flauschigen Wattebart verbarg.

Getauft war der Weihnachtsmann auf den Namen sagen wir einmal Ferdinand, was aber für die Geschichte ohne jede Bedeutung ist. Für gewöhnlich bevorzugte er warme Wirtshäuser und schummrige Kneipen, wenn ihn nicht gerade chronische Geldnot dazu veranlaßte, vorübergehend einen Job wie diesen als Weihnachtsmann anzunehmen. Seine Lehre hatte er bei einem Goldschmied in Leoben in der Steiermark absolviert, hatte dann aber nach einer Wirtshausrauferei mit dem Bruder seines Chefs vor der Heimat und dem Beruf den Hut gezogen und war per Autostopp nach Wien emigriert. Daß er sich hier in der Hauptstadt entschlossen hatte, hauptberuflich freischaffender Denker zu werden, ist – wie wir noch sehen werden – eher auf seine Veranlagung und auf seinen seitdem gepflogenen Lebenswandel zurückzuführen, als auf einen Vorsatz von Anfang an. Von der Goldschmiederei hatte er jedenfalls die Nase voll, denn, so dürfte er sich gedacht haben, ein neuer Chef kann nicht viel besser sein als der alte.

Stein des Anstoßes für die damalige Wirtshausrauferei (die im Grunde keine wirkliche war, weil Ferdinand zwar Prügel einsteckte, selbst aber gar nicht zum Austeilen kam) war das auffällige Büschel weißer Haare, das an der Stirnseite seines sonst kohlrabenschwarzen Scheitels prangt, und das sowohl dem Chef als auch seinem cholerischen Bruder als ein allzuspitzer Dorn im Auge saß. Gründe für deren Wutausbrüche sind nur zu vermuten: vielleicht hielt man das dixanweiße Haarbüschel für gefärbt und wollte sich nicht mit solcher als mögliche individuelle Eigenart zur Schau gestellten Koketterie abfinden. Vielleicht war man aber auch nur ganz einfach neidisch auf die prächtig leuchtende Lockenkokarde, die ihrem Besitzer tatsächlich, ob gefärbt oder nicht, etwas Eigenes, Originelles verlieh, und die dieser daher auch nicht gerade unauffällig zur Schau trug. So hatte er sich bei seinem jetzigen Job als Weihnachtsmann sogar mit Erfolg geweigert, neben dem Wattebart auch eine Watteperücke zu tragen, die die Wirkung seiner Stirnlocke entscheidend geschmälert hätte. Es erscheint daher beinahe müßig hinzuzufügen, daß Ferdinand in der Wiener Freakszene gerade dieser Locke wegen längst zu den absoluten Bekanntheiten zählte. Natürlich hielt man sie auch hier nach gutem alten Punkmuster für gefärbt, mit dem Unterschied jedoch, daß sie nicht gleich Anstoß für ungerechtfertigte Aggressionen eines Chefs und Chefbruders, sondern eher zum Inhalt unzähliger tiefgründiger Gespräche an den Kneipentischen wurde.

Allerdings hatte noch niemand, trotz Ferdinands zweijährigen Daueraufenthalts zwischen Gärtnerinsel und kleinem Café, Kontakt zu ihm gefunden, was wohl an seiner zweiten, *noch* auffälligeren persönlichen Note lag. Während sich andere in den einschlägigen Lokalen für gewöhnlich irgendeiner Unterhaltung hingeben konnten, ging Ferdinand allabendlich in harter Arbeit seinem Beruf nach, dem Denken eben. Dazu kommt, drittens schließlich, daß er von der Natur nicht gerade mit Gesprächigkeit ausgestattet worden war, so daß bis heute noch niemand von ihm erfahren konnte, *worüber* er eigentlich so intensiv nachdachte. (Was wir jedoch keineswegs als einen Nachteil bewerten sollten: ist es nicht in Zeiten erdrückender Massenkommunikation und des dadurch überhandnehmenden geistigen Diebstahls in der Tat ein unschätzbarer Genuß, den Vorzug des Einzig- und Alleinewissenden für sich selbst zu erhalten?)

So saß er allabendlich in einem der Lokale und dachte. *Daß* er dachte, merkte nicht nur der geschulte Menschenkenner. Freilich hätte so mancher Spießer behauptet, Ferdinand sei auf dem Sessel zurückgelehnt eingenickt. Tatsächlich atmete er regelmäßig und tief (manche Klugscheißer möchten ihn sogar schnarchen gehört haben!), der Kopf hing vornüber auf die an der Brust verschränkten Arme, die Beine lagen überkreuzt auf einem anderen Sessel, doch war dies in Wirklichkeit die für ihn typische und wahrscheinlich lockerste Haltung bei der Ausübung seines Berufes. Traf man ihn solcherart vertieft, übte man sich in Rücksicht und Ehrfurcht. Es hat sich selten ausgezahlt, einen Menschen beim Denken zu unterbrechen, Beispiele in der Geschichte gibt es genug. Außerdem: es hätte keinen Sinn gehabt, den Helden unserer Geschichte nach *seinen* Gedanken zu fragen, er hätte nicht geantwortet. Mußte er doch schon während der Goldschmiedelehre (in Anlehnung an ein tiefsinniges Sprichwort) mit dem wahren Gold des Lebens Bekanntschaft gemacht haben: mit dem Schweigen. Einer Kunstfertigkeit, die den eifersüchtigen Chef schon deshalb rasend gemacht haben dürfte, weil er selbst doch reichlich wenig von dieser Kostbarkeit besaß und als Goldschmiedemeister statt dessen fast nur Silber anzubieten hatte. Ferdinand dürfte in diesen prügelreichen Jahren denn auch nichts anderes zu hören gekriegt haben, als daß er ein vertrottelter Schleimscheißer sei, der zu gar nichts tauge, am allerwenigsten zur Arbeit, und daß für einen verhaschten Typen wie ihn schon ein Krümelchen Brot der Gnade zuviel sei. (Ganz anders in Wien übrigens! Hier hielt man ihn durchwegs für einen äußerst angenehmen Menschen, schließlich ging er ja niemals irgend jemandem auf die Nerven. Auch jene, die die in Insiderkreisen gepflegte Bezeichnung für Ferdinand, «der Denker», ursprünglich noch mit einem Grinsen oder Lächeln beantwortet hatten, waren rar geworden. Man sprach im allgemeinen sehr liebevoll von ihm – *wenn* man von ihm sprach, denn an sich gab es nicht allzuviel von ihm zu erzählen.)

Auch sein jetziger, kurzfristiger Arbeitgeber, ein kleiner untersetzter Spielwarenhändler, hatte seine karge Gesprächsbereitschaft sogleich registriert. Er bezeichnete sie zwar schlicht als Redefaulheit, doch darf man solcherlei geschäftstüchtige Berufsschwätzer ohnehin nicht ernst nehmen. Zum Verkaufen der Hongkongvögel, mag sich der Dicke gedacht haben, braucht man einen, der Geld kassiert, und dazu wird die Mißgeburt schon taugen.

Die Vögel verkauften sich tatsächlich praktisch von selbst. Drückte man den Vierstufenschalthebel, wurde im daumenlangen Vogelkörper ein Tonband nach Lachsackprinzip eingeschaltet, das je nach Wahl vier verschiedene Vogelstimmen abspielte. «Jö schau, a singat's Vogal!» Man konnte, zumal in der Weihnachtszeit, einfach nicht vorbei an dem wunderbaren Trällern solch eines zierlichen Geräts. Ferdinand hatte in den ersten vierzehn Tagen prompt zweitausend Stück à neunundvierzigschillingneunzig verkauft. Der Spielwarenhändler wäre ursprünglich schon mit fünfhundert verkauften Vögeln zufrieden gewesen, da selbst er als realitätssüchtiger Geschäftemacher die Wirkung des vierfärbigen Vogelgesanges bei weitem unterschätzt hatte. Nach dem unerwarteten Absatz wurde er erst richtig ehrgeizig und bestellte noch einmal zweitausend Stück. Sehr zum Leidwesen Ferdinands, der nun jeden Tag den gesamten Vorrat an Vögeln (immerhin fünf zementsackschwere Kisten) aus dem Kombi des Dicken zu packen hatte, weil dieser die Möglichkeit nicht ausschloß, daß alle zweitausend an einem Tag weggingen.

Das Geschäft schien sich allerdings auch für Ferdinand auszuzahlen. Der Dicke hatte ihn (was er längst bereute) mit fünf Prozent am Umsatz beteiligt. Auf dem Standtischchen präsentierten sich den Passanten jeweils zwei blaue, ein gelber und ein roter Vogel (es gab sie nur in diesen drei Farben) und trällerten jeder seine eigene Variation. Das ergab zusammen, wenn man nicht konzentriert *einer* Stimme lauschte, einen elektronisch anmutenden Summerton, wie er aus Science-fiction-Filmen oder von den Platten der Pink Floyd hinlänglich bekannt ist. Was einem in Film und Musik jedoch das esoterische Gefühl der Unendlichkeit des Alls und der Verlorenheit des Ich suggeriert (worüber sich Ferdinand wahrscheinlich oft genug den Kopf zerbrochen hatte), das konnte am Verkaufsstand schon nach kurzer Zeit zur akustischen Hölle ausarten. Sicher, er hätte sich zwei dicke Pfropfen in die Ohren stopfen können. Doch für einen Denkvirtuosen seiner Güte lag solch eine Pseudolösung weit unter der Würde und Möglichkeit seiner Denkpotenz. Außerdem galt es ja, so gewisse Anweisungen der Kundschaft zu verstehen. Ein hagerer Herr mit Tirolerhut beispielsweise verlangte gleich ein ganzes Dutzend von der Sorte. Für seine elf G'schrappen zu Hause, wie er sagte, weil wenn einer so was kriegt, wollen's die andern auch haben. Den zwölften wollte er sich selbst behalten, damit auch er was hätte von dem schönen Spielzeug. Und außerdem sei die Alte ohnehin schon wieder schwanger, also geben's mir noch einen dreizehnten dazu, den kriegt das zwölfte G'fries in die Wieg'n, als nette Überraschung gleich beim Eintritt ins Leben.

Die beiden Jugos, die ebenfalls als Weihnachtsmänner adjustiert am Nachbarstand kletternde Wollraupen und Kräuterparfum verkauften, hatten Ferdinand zwar drei Zweizehntelliterflaschen Wodka verkauft, doch für einen, der die asiatischen Supervögel ständig im Ohr hatte und nur alle zwei Stunden allzu kurzfristig Erholung fand, wenn er die Batterien wechselte, für so einen wurde die akustische Plastikleier trotz des einlullenden James-Last-Hintergrundes aus dem Kaufhaus und trotz des vermeintlichen Wodkatrostes zur nervenzernagenden Marter. Und eben das ist der Grund, warum wir annehmen können, daß der Weihnachtsmann vor dem Herzmansky am zweiten Adventsamstag seine liebste Tätigkeit aufgenommen hat, das Denken. Womit wir endlich wieder am Anfang unserer Geschichte wären!

«Plötzlich hat mich eine gewaltige Idee überfallen, so wie ein Räuber eine Bank überfällt.» (Das war der *eine* Satz, den er später auf dem Polizeiposten zu Protokoll gab, nachdem ihm der sonst friedliche Dickwanst von einem Spielwarenhändler eine ins Auge gelangt hatte, und er gerade noch von der Funkstreife vor dem Tobenden gerettet werden konnte.) «Den Vögeln das Fliegen beizubringen.» (Das war der *andere* Satz im Protokoll.) Insofern ist es also nicht mehr allzu schwierig, die weiteren Gedankengänge Ferdinands zu rekonstruieren: würden sich die Vögel selbständig machen wie jeder normale Vogel, hätte auch die qualvolle Zwitschertour ihr Ende. Und das dürfte wohl sein einziger, fanatisch verfolgter Wunsch gewesen sein. Sind sie erst einmal auf und davon, wird sie niemand mehr einfangen und zurückbringen, also warum den Vögeln nicht die ihnen vorenthaltene Freiheit wiedergeben?!

Das einzige Problem dabei: wie bringt man nun den singenden Plastikvögeln *tatsächlich* das Fliegen bei, wie kann man den völlig unantastbar scheinenden Tresor physikalischer Gesetzmäßigkeiten mit einer gewaltigen, genialen Idee *tatsächlich* knacken?

Ein Zufall dürfte dem Weihnachtsmann geholfen haben. Er beobachtete ein etwa zehnjähriges Mädchen, das mit tränenüberströmtem Gesicht versuchte, die zehntausend Scherben eines goldenen Christbaumspitzes auf dem nassen Gehsteig zusammenzukratzen. Ferdinand schritt in seiner Eigenschaft als gütiger, hilfsbereiter Knecht Ruprecht auf das Mädchen zu, bückte sich und half ihm beim Aufheben der Scherben. Die Kleine war jedoch nicht zu trösten. Der Spitz ist kaputt, und kaputt ist kaputt, die Mama wird schimpfen, der Papa das Taschengeld streichen. Und da Ferdinand verheulte Gesichter wahrscheinlich nicht sehen konnte, stapfte er mit großen Schritten zurück zu seinem Stand, holte einen Vogel, stellte ihn auf Rotkehlchen und drückte ihn dem Mädchen in die Hand. Aus Dankbarkeit, wie sich unschwer vermuten läßt, denn er dürfte dabei die Lösung gefunden haben.

Die letzte Wodkaflasche aufgeschraubt, einen kräftigen Schluck, tief eingeatmet und dann an die Verwirklichung des einzigartigen Werks! Er packte einen der zwei blauen Mustervögel, stellte ihn auf Zizipe, was er noch am ehesten vertragen konnte, strich ihm mit den Fingerspitzen über die Plastikhaut, hielt ihn ans Ohr, flüsterte: «Flieg, Vogel, flieg! Grüß mir die Freiheit!» und schleuderte ihn mit einer wuchtigen Bewegung hoch, gut zehn Meter über die Köpfe der Passanten, so hoch, daß der Vogel mindestens drei Sekunden lang zwitschernd durch die Luft flog, ehe er auf dem Asphalt der Mariahilferstraße mit einem Krächzen aufklatschte und unter den letzten Zuckungen der mechanischen Eingeweide verendete! Kreischend und jauchzend, wie man ihn noch nie gesehen hatte, ließ Ferdinand den nächsten Vogel fliegen, den dritten, vierten, bis der Standtisch leer war.

Eine fassungslose Menschenmenge konnte Zeuge eines wahrhaftigen Massenvogelfluges werden. Jetzt holte der Weihnachtsmann die Kisten unter dem Tisch hervor und griff mit beiden Händen in den vollen Vorrat. Innerhalb von zehn Minuten lernten nicht weniger als zweitausend Vögel das Fliegen, manchmal sogar zehn und zwölf und mehr auf einmal! Und kein Mensch mochte Ferdinand dabei stören, solch einen schönen Weihnachtsmann hatte man schon lange nicht mehr gesehen. Nachdem er den letzten Vogel aus der Kiste geholt und in die Freiheit herausgewirbelt hatte, war er außer Atem. Aber in seinem Gesicht, so berichten Augenzeugen, lag ein feierliches Lächeln, über dem eine weiße Locke hing wie Engelhaar auf den Zweigen des Christbaums. So seien Weihnachten und Christi Geburt von vielen der umstehenden Passanten schon am 2. Adventsamstag in all ihrer feierlichen Würde erlebt worden.

Clodwig Poth

Kunzes Christnacht-Service

PACK

Ich hab es immer befürchtet: eines Tages stehst Du vor diesem Fenster, und alles war umsonst.

Und ich hab gewußt, was kommt. Ich kenn Dich. Du bist mein Sohn, trotz allem. Vom ersten Buchstaben an hab ich es gewußt, obwohl ich hinter der Scheibe saß und alles verkehrt herum war.
JETZT UND ALLES
Deine Sprüche, Junge! Wo Du die nur herhast? Ich hab Dir immer gesagt, das führt zu nichts Gutem. Nicht bloß einmal hab ich das gesagt, stimmt's? Und Deine Mutter hat es auch gesagt: Du versaust Dir damit noch die ganze Zukunft. Und Du? Du hast gar nicht zugehört. Du bist genauso stur wie Dein Vater, hat sie gesagt. Und ich: Werd Anstreicher, wenn Du was mit Farbe machen willst. Aber laß die Schmierereien. Da hast Du nur gelacht. Und war ja auch nicht so ernst gemeint, weil Du ja in meine Abteilung rein solltest ...

Und jetzt liegst Du da und hörst mich auch nicht. Oder hörst Du mich? Du mußt mich anhören, bitte! Ich weiß schon lange nicht mehr, ob Du mich eigentlich hörst. Es ist wie im Schaufenster heute Nachmittag: Ich bin drin und Du bist draußen. Dazwischen ist die Scheibe. Isolierglas.

Du hast den Hörer abgenommen, um mich anzurufen. Aber ich habe nicht abgenommen. Ich habe es nicht gewagt. Ich wollte nicht, daß Du mich erkennst.

Ich muß aus diesen Sachen raus. Der Mantel, die Stiefel, vor allem der Bart. Ich will nicht, daß Du mich so siehst. Nicht noch einmal. Ich wollte überhaupt nicht, daß Du mich so siehst. Deshalb hab ich auch den Hörer nicht abgenommen. Nein, ein Junge sollte seinen Vater so nicht sehen. Aber hatte ich denn eine Wahl? Was hätte ich denn machen sollen? Hätte ich mir eine Dose Autolack aus dem Regal nehmen und die Wände besprühen sollen?
NO FUTURE
Das Leben muß doch weitergehen. Denke ich. Du willst was zu essen und Deine Mutter auch. Außerdem ist das nur vorübergehend. Geht wieder aufwärts. Und die Kinder hatten ihren Spaß.

Wie echt, der Bart. Geht kaum ab. Die haben extra einen vom Theater kommen lassen jeden Morgen, um mich herzurichten. Für die Kinder. Natürlich auch, um das Weihnachtsgeschäft anzukurbeln. Aber ein Weihnachtsmann, immerhin. Wenigstens noch ein bißchen was von den alten Gefühlen.

Ich weiß nicht, ob Du das verstehst. Du sprichst nicht von Deinen Gefühlen. Ich auch nicht, das stimmt. Wir haben das nicht gelernt. Aber ich hab gedacht, Ihr seid da weiter. Statt dessen: grüne Haare und das schwarze Lederzeug und die Sprüche.

FRÖHLICHE EISZEIT

Mach das nicht, hab ich gesagt, die hängen Dir was an. Das ist Sachbeschädigung.

Besser als Menschenbeschädigung, hast Du gesagt.

Du warst verbittert. Kann ich Dir nicht verdenken. Aber Du mußt mir glauben, daß das alles mit dem Jonke abgesprochen war. Wenn er seinen qualifizierten Abschluß schafft, ist er unser Mann. Erst in die Vertragswerkstätte und dann in die Kfz-Abteilung zu uns in den vierten Stock: Kundenberatung, kleine Einbauten, saubere Sache. Autos gibt's immer. Alles abgemacht.

Und dann? Nachdem ich den Jungen durch die Schule getrieben habe? Tut uns leid. Da geht momentan gar nichts. Wir sind froh, wenn wir keinen entlassen müssen. Er sei auch nur ein kleiner Abteilungsleiter. Für die Rezession könne er nichts.

Aber Jonke, hab ich gesagt, Herr Jonke, das können Sie doch nicht machen. Der Junge läuft mir aus der Bahn.

Tja, leider ...

Damals fing das an mit dem Sprayen. Ich weiß nicht, in welche Kreise Du da reingeraten bist. Aber glaub nicht, ich hätte das nicht verstanden. Meinst Du ich hätte nicht auch eine Wut gehabt? So kann man doch mit einem Menschen nicht umgehen, mit einem jungen Menschen! Richtig? Falsch! Kann man doch. Da hilft nichts. Das mußt Du lernen.

Und deshalb mußte ich Dich vertrösten. Vielleicht in einem halben Jahr, wenn's wieder aufwärts geht. Laß den Kopf nicht hängen. Es geht immer wieder aufwärts. Ist noch immer aufwärts gegangen.

WE WANT THE FUTURE NOW

Der Bart geht so schwer ab. Jeden Abend reib ich mir das Gesicht wund. Wenn sie mir das eher gesagt hätten, hätte ich mir selbst einen Bart wachsen lassen. Was macht man nicht alles. Obwohl ich da nicht mitspielen wollte.

Das können Sie mit mir nicht machen, Jonke, hab ich gesagt. Nach fast dreißig Jahren im Betrieb schmeißen Sie mich raus und zum Dank soll ich Ihnen noch den Clown machen.

Für die Entlassung könne er nichts. Im Gegenteil, er hätte den

Weihnachtsmann noch für mich herausgeschlagen. Weihnachtsgeld und alles. Ich könne ihn doch jetzt nicht hängen lassen. Was ist denn daran so schlimm? Sie sitzen vier Wochen im Schaufenster. Schön verkleidet mit Purpurmantel, Stiefeln, Rauschebart. Und sind freundlich. Kein Mensch erkennt sie. Das können Sie doch. Wenn das einer kann, dann Sie, Mann. Wir bauen um Sie herum die halbe Spielwarenabteilung auf, damit die Kinder auch was zu staunen haben. Auf Ihrem Tisch steht ein Telefon. Das kann man von einem Apparat aus anrufen, der außen am Schaufenster angebracht ist. Sie hören alles, was draußen geredet wird, während die Kinder nur zu Ihnen durchgeschaltet werden, wenn Sie Ihren Hörer abheben. Sie können also ruhig mal fluchen zwischendurch, wenn Ihnen danach ist.

Du hättest das nicht gemacht, ich weiß. Oder hättest Du es gemacht? Nein, Du bist ja so konsequent. Und so unabhängig. Und frei. Du hättest auf sein Angebot gespuckt und wärst weggegangen. Und Dein Sohn und Deine Frau und überhaupt Deine Zukunft, das wäre Dir alles egal gewesen. Hauptsache, Du hast Dir nichts vorzuwerfen.

Verdammt, deshalb liegst Du jetzt auch hier.

Sag doch mal was. Lieg nicht bloß so da und laß mich reden und sag nichts. Nie sagst Du was. Läßt immer nur mich reden. Ich bin doch Dein Vater, immerhin. Sag was! Red mit mir! Junge, verdammt noch mal! Hörst Du mich denn nicht, mein Junge?

ES GIBT EIN LEBEN VOR DEM TOD

Das ist die Beruhigungsspritze. Du mußt schlafen, damit Du wieder auf die Beine kommst. Hörst Du? Und den mit dem Stock, den kaufen wir uns. Den verklagen wir. Den finden wir, und dann muß der vor den Kadi. Da zieht man den Jungen groß, und das war weiß Gott nicht immer einfach. Wir haben uns ganz schön querlegen müssen, Deine Mutter und ich. Und dann zerschlagen sie einem das womöglich in einer Minute.

Und man steht dabei und kann nichts machen . . .

Hätte ich den Hörer abnehmen sollen? Hätte ich sagen sollen, hier ist Dein Vater, der Weihnachtsmann? Heute ist er noch der gute Onkel für die Kinder, und morgen geht er mit Dir stempeln. Hätte ich sagen sollen: Ja, mein Sohn, die brauchen Dich nicht und mich auch nicht mehr? Ich hab mich geschämt, und ich hab Dir nichts erzählt und auch Deiner Mutter nicht.

Und das war richtig. Man darf einem jungen Menschen nicht die Hoffnung zerstören. Und deshalb durfte ich den Hörer nicht abnehmen, verstehst Du? Ich durfte nicht. Ich hatte keine Wahl, auch wenn dann vielleicht nichts passiert wäre. Besser ein Loch im Kopf als alle Hoffnung zerschlagen.

DU HAST KEINE CHANCE – ABER NUTZE SIE

Und warum hast Du nicht einfach aufgelegt? Du mußt doch gemerkt haben, daß die Stimmung gegen Dich wuchs. Natürlich, Du hattest das Recht, den Weihnachtsmann anzurufen wie jeder andere. Der Weihnachtsmann ist für alle da. Oder habt ihr das abgeschafft?

Ich hab ja alles gehört.

Fest der Liebe, ha? Heb ab, alter Mann, ich will mir was wünschen. Mal sehen, ob Du das erfüllen kannst. Du schreibst das alles in Dein goldenes Buch und dann geht das in Erfüllung. Warum hebst Du nicht ab, Mann?

Nein, es war unmöglich, obwohl ich alles gehört habe und sah, wie der Unmut der Leute zunahm: Laß die Kinder ran! Das ist nichts für Dich! Unverschämtheit! Punker!

Gehen Sie doch weiter, für solche wie Sie gibt es keinen Weihnachtsmann. Da muß man noch an etwas glauben.

Er hat es gut gemeint, da bin ich sicher. Es ist manchmal so schwer, Euch zu verstehen. Warum hast Du nicht den Mund gehalten und bist gegangen? Warum mußtest Du Dich mit ihm anlegen! O Junge, wie wenig Du die Menschen kennst!

Glauben, ha? An etwas glauben? Ich glaube an den heiligen Konsum und erziehe meine Kinder dazu, daß sie auch an den heiligen Konsum glauben. Sogar den Weihnachtsmann benutzen sie dazu, daß gekauft wird, gekauft, gekauft. Und der Weihnachtsmann macht gemeinsame Sache mit Euch. Der Himmel sitzt im Schaufenster des Kaufhauses und verkauft Panzer.

Da hast Du mich angeschaut, mein Junge, und Deine Augen sagten: widersprich mir, ich will gar nicht recht haben, Vater Weihnachtsmann. Einen Augenblick lang hab ich gedacht, Du hast mich erkannt, und bin erschrocken. Hast Du mich erkannt?

SEID REALISTEN – FORDERT DAS UNMÖGLICHE

Wenn Du aufwächst, wirst Du mich erkennen. Ich sitze hier. Dein Vater. Nicht der Weihnachtsmann. Du hast recht, man muß seinen Stolz haben, sonst verliert man sein Gesicht.

Ich seh Dein Gesicht gar nicht, mein Junge. Sie haben Dich so eingebunden. Und alles ist geschwollen. Soviele Schläge und Tritte. Du hast mich nicht erkannt. Die Maske war gut.

Weg da! schrie einer.

Und Du: Ja, wenn einer kommt und die Wahrheit ausspricht,

dann soll er weg. Weggeschafft werden. Wir sind die Juden der achtziger Jahre.

Das war zuviel. Und das stimmt auch nicht. Und ich hätte Dir das sagen müssen. Spätestens jetzt hätte ich den Hörer abnehmen müssen. Jeder hält seine Verzweiflung für die größte. Aber Deine Verzweiflung ist nichts gegen das, was damals passiert ist.

Hätte ich doch etwas unternommen. Aber ich hatte schon zu lange geschwiegen. Ich saß in meinem Schaufenster und hoffte, den Schein bis nach Weihnachten wahren zu können. Ich wollte Dir das Weihnachtsfest nicht zerstören. Ich bin ein alter Narr! Ich schwieg, und als ich etwas sagen wollte, da ging es nicht mehr.

Da kam dieser Kerl aus der Menge und versuchte, Dir den Hörer abzunehmen. Und als Du Dich wehrtest, riß er das Kabel aus dem Apparat. Plötzlich war alles stumm. Ich sah Euch kämpfen, sah, daß alles durcheinanderschrie. Aber ich hörte nichts mehr.

Das Schlimmste aber war, daß ich wußte, Du würdest Dir das nicht gefallen lassen. Du läßt Dir nichts gefallen, wenn Du glaubst, Du seist im Recht.

Du hattest eine Plastiktüte dabei. Und darin war die Spraydose. Schwarzer Autolack. Ich hab gewußt, was kommt. Du bist mein Sohn, ich kenn Dich.

Als sie Dich einen Augenblick lang losließen, hast Du auf das Ventil gedrückt. Quer über die Schaufensterscheibe.

PACK ...

Nur vier Buchstaben. Sie ließen Dich nicht zu Ende schreiben. Vor dem ... EIS traf Dich der Stock.

Ich hörte Dich schreien. Aber der Schrei war mein eigener. Ich lieh Dir meine Stimme, weil ich Deine nicht hören konnte. Ich sah Dich zusammenbrechen und hörte Dich schreien. Und ich kann den Schrei nicht vergessen. Auch jetzt, wo Du so still daliegst, schreit Dein geschlossener Mund.

Wach auf, Junge und rede mit mir, damit der Schrei verstummt.

Das Leben, das ist doch was, oder ...

Angelika Mechtel

Weihnachtsmänner mit Bratäpfelgeruch
machen sich zwischen Zucker und Zimt
über mich her
alle Jahre
wieder Kerzen ausstechen
Engel ohne Gebet
kein Schmerz der mich bewahrt
wenn sie ohne Beschränkung
in die Kaufhausetagen meiner Herzgrube
einfallen alle Jahre
steigt mir die Kälte ins Haus

Schöne Bescherung

Kai Ehlers

Na so was

Ich wollte Menschen treffen
und traf die Weihnachtsgans

Norbert Ney

Weihnachten gemeinsam

Unter 4000 Fest-
Metern Christbaumschmuck
und unerklimmbaren
Geschenkbergen
überleben wir mühsam
drei Fest-gefahrene Tage
der Mondfinsternis mit Sonne
nach dem Kaffeeklatsch ...
Immerhin:
Im Süden der Republik,
so wird heute gemeldet,
sei es einigen Beschenkten
überraschend gelungen,
den Christ-Stollen
von *beiden* Seiten her
zu durchbrechen.
Einige Kinder,
so heißt es in der Meldung,
sollen verschüttet worden sein.
Dem Weihnachtsmann sei
die Einreise an der Grenze
verweigert worden.

Eva Acél

Der Heiland erscheint vor Weihnachten
am verkaufsoffenen Sonnabend bei Hertie

Saust durch den Lichtschacht an Tannenzweigen vorbei direkt auf die Rolltreppe verhedder deine Schleppe nicht in ihr es könnt dich dein Leben ein zweites Mal kosten aufwärts

Erste Etage   Plastikblumen   Enzian   Vergißmeinnicht starre Farne Kunststofftulpen   DEINE BERGE WAREN GRÜ-NER?

Zweite Etage   Haushaltswaren   Eierschäler   Fischentgräter Schönheitswannen Atomascheimer   NIE GEHÖRT VON DIESER FEINEN ASCHE?

Dritte Etage   Mäntel   Achselklappen Uni Form Mäntel für den sauren Regen   DIESE SÄURE KENNST DU NICHT WIESO?

Vierte Etage   Schuhe   Slipper Popper spitz mit Glitzer Stiefel-truppen Schaft bei Schaft   VON DEM NEUEN AUF-MARSCHIEREN WEISST DU NICHTS?

Fünfte Etage   Hüte   Jägerlook mit dickem Gamsbart Kordeln braun bis schwarz die alten Töne   WACKELT JETZT AUF DEINEM AUPT DER HEIL'GE SCHEIN?

Sechste Etage   Gemälde   Grafikchaos Klatschmohn riesengroß in Öl hinterm Tresen Guernica im Kleinformat   ÜBRIGENS: WO WARST EIGENTLICH DU IM JAHRE NEUNZEHN-HUNDERTSIEBENUNDDREISSIG?

Freßstation im letzten Stock Brot der Armen allerorten tiefgefrorn aus Noahs Arche Büffelschwänze Froschgelenke Affenohren Lö-wenaugen sichtverpackt aus dritter Welt   WIRD DIR END-LICH ÜBEL DU KIPPST UM?
KIPP DIE TISCHE UM VERBIET DIR DEN GEBURTS-TAG

Ich seh nur noch eine Schleppe durch den Lichtschacht eine Wolke

Uli Becker

Wer glaubt noch an den Weihnachtsmann?

Laut Reisewetterbericht Ski und Rodel gut –
Ein Wink? «Rette sich wer kann?» Hier vegetiert
der Matsch grau in der Gosse, gründlich versalzen:
Eine namenlose Großstadt im Freien Westen, und

die Hauptgeschäftsstraße brodelt tausendköpfig
durcheinander wie eine Demonstration für irgendwas,
die noch nicht ausdiskutiert hat, wo's langgeht
und was für Parolen skandiert werden sollen . . .

Bis dahin kloppen sie sich vor der «Kaufhalle»
um Weihnachtsbäume aus Polyester: Die nadeln nicht,
brennen nicht, und sehen echter aus als die Echten,
das Lametta eingebaut – Ein Fetisch für Perverse,

der kein Brot frißt und zusammengeklappt im Keller
nicht mehr Platz wegnimmt als das Mädchenbein
unter den Kohlen, mit einem runtergerutschten
weißen Kniestrumpf und einem Rollschuh dran.

Vor der Kasse Gedrängel, das übliche Chaos:
Dieses Catch-as-catch-can an den Bushaltestellen
in London, wenn eine deutsche Reisegruppe mal
was ohne Führer erleben will im Doppeldecker.

Schieb spaßeshalber eine blanke Klinge in einen
von diesen rheumaklammen Popelinemänteln,
und die eingekeilte Leiche bleibt gut und gerne
noch 10 Minuten stehen und schwitzt weiter,

während das Teddyfutter sich purpurn färbt . . .
Ach! Der Dichter fällt durch in puncto Horror
gegen die fanatische Adventsbeleuchtung, die vom
nassen Asphalt zurückknallt wie Sonne vom Schnee.

Da schießt auf einmal (woher weiß keiner) diese
schwere Limousine ins Bild, bremst, schleudert

und kommt zitternd vor'm Abgrund zum Stehen.
Der Fahrer ist allein. Er wirft den Schlag auf

und taumelt ein paar Schritte bis zum Bürgersteig:
Schwarze Ränder um die Augen, eine welke Lilie
im Knopfloch. Entsetzen lähmt die Passanten
und ihre weihnachtlich prallen Plastiktüten,

als er mit einer Grimasse seine wuchtige Nullacht
aus dem Hosenbund reißt und das ganze Magazin
blindlings in die Menge pumpt, im Mündungsfeuer
blitzend eine Parodie der güldenen Lichtlein

allüberall auf den Tannenspitzen. Blut! Röcheln!
Mit wenigen Sätzen ist er wieder am Wagen,
hechtet rein und peitscht los in einer Fontäne
aus Dreck, sein Schrei wie ein Banner flatternd:

«Rache für André Breton!» Die frohe Botschaft
des acte gratuit: Poesie kostet eine Handvoll
Blei, alles andere ist sündhaft teuer hier –
Die Narkose, das Plasma, der Sarg und die Blumen.

Ulli Harth

Wirkungen eines Buches

Dünne, kaum wahrnehmbare Glocken erklangen im Nebenzim-
mer, die Tür wurde geöffnet und unter dem Schallplattenklang von
«Süßer die Glocken nie klingen» versammelte sich die Familie rund
um den bunt glitzernden, mit weißen Kerzen brennenden Weihnachtsbaum. Gleich nach der andächtigen Schweigeminute überreichte der kleine Kurt der schwer gebrechlichen achtundsiebzig-
jährigen Großmutter sein Geschenk. Strahlend packte sie es aus, als
beim Anblick des Buches und seines Titels alle anderen vor Schreck
gelähmt schienen. Er hieß «Jeder stirbt für sich allein». Während
sich im Hintergrund der Herr des Hauses zu einem Räuspern er-
mannte, sagte die Großmutter: «Das ist aber mal ein gutgemeintes
und ehrliches Geschenk» und gab dem Jungen ein Ratefixspiel.

Schon schien im plötzlichen Stimmenaufbruch die Affäre vergessen, als die Mutter Kurt zur Seite nahm und ihm heftige Vorhaltungen machte.

Wenige Monate später stirbt die Großmutter, worauf Kurt in eine wochenlange Teilnahmslosigkeit verfällt. Jeden Tag besucht er ihr Grab und beteuert, daß er es bestimmt nicht mit Absicht getan hätte. Am Heiligen Abend geht er kurz vor der Bescherung zum Friedhof und vergräbt in Großmutters Grabhügel ein Buch, dessen Titel, er niemandem jemals verraten hat.

Ralf Thenior

oder dieser wieder dieser
grüne Tag voller Weihnachten

oder dieser wieder dieser grüne Tag voller Weihnachten quietschende Zähne an der Lederhaut der Trockenpflaume leichte Ausfälle des Gefühls Ungeziefer zu essen was man schmecken und riechen und hören kann mit verstellter Stimme für sich gesprochen gegen sich für wieder gesprochen amorphes Gemurmel Rauschgoldengel Goldrauschengel süßer die Locken jingle die Glocken dieser wieder dieser kleine ja Barbarismus ganzen Adventskalender auf einmal leergefressen hinter der 12. Tür keine Tür vor 13 leises Gelächter in Goldstanniol alle Türen alle Fenster leergefressen die Krippe weg damit die Zähne kommen statt der Worte sedierende Biere im Rausch guillotinarm ein Schuß Intensivspray Hummer und belebte Brote Zungenwurst Truthahnaufschnitt panierte Geschmacksknospen xmess Gedächtnisauszug Schangtree und Schlaftabletten Zigaretten und belegte Poren Tränensäcke jingle bells wegradiert fröhliche wegrasiert oh du wegradiert Wurzel zart wegrasiert stille eN wegradiert Glitzerprrr wegrasiert Lichterb abgehaun weggeknackt abgehaun abgeräumt ausgemacht abgehaun abgehaun oder

Birgit Rabisch

Schwarze Weihnacht

1957 der fünfjährige Werner F. flüchtet auf den Arm seiner Mutter, als der Weihnachtsmann durch die Tür kommt. Seit Wochen hat ihm der Vater gedroht: «Wenn du nicht artig bist, holt der Weihnachtsmann seine Rute aus dem Sack!»

1958 bemerkt Werner, daß der Weihnachtsmann die Handschuhe seines Vaters trägt. Er schreit: «Ihr Lügner! Ihr habt mich betrogen!» und schleudert wütend den heißersehnten Lego-Kasten gegen den Tannenbaum. Der kippt. Die Gardinen fangen Feuer. Der Vater reißt sich die Maske vom Gesicht, haut dem Sohn links und rechts eine runter. Dann erst greift er zu dem bereitstehenden Wassereimer und schüttet ihn gegen die Gardinen.

1959 bekommt der Tannenbaum elektrische Kerzen

1963 verbringt Familie F. den Weihnachtsabend vor dem neuerstandenen Fernseher.

1969 weigert sich der inzwischen aus der Kirche ausgetretene Werner F. «an diesem kapitalistischen Konsumrauschfest» teilzunehmen. Er schließt sich in sein Zimmer ein und spielt die Internationale.

1971 das erste Weihnachten in der Wohngemeinschaft. Zu Werners Erstaunen bestehen zwei Frauen auf einem Weihnachtsbaum. «wegen der Gemütlichkeit» sagen sie. «bürgerliche Gefühlsduselei» sagt Werner.

1972 besteht Werner darauf, den Tannenbaum im Gemeinschaftszimmer zu schmücken. Als die Wohngemeinschaft am Heiligen Abend erwartungsvoll eintritt, steht sie einem mit Kartoffelschalen, Präservativen und leeren Bierdosen behängten Baum gegenüber. Vor dem Baum posiert Werner als nackter Weihnachtsmann.

1974 Werner flüchtet vor Weihnachten mit seiner Freundin Karin in ein einsames finnisches Holzhaus.

1975 Karin schenkt Werner einen Fotoapparat zu Weihnachten. Werner nimmt ihn an.

1977 Karin schenkt Werner einen Sohn zu Weihnachten: Malte

1982 Malte und die anderen aus dem Kinderladen bestehen auf einem «richtigen Weihnachtsfest». Sie beschließen, zusammen zu feiern. Die Kinder schmücken den Weihnachtsbaum mit

Papierschlangen, selbstgebastelten Sternen, Keksen und kandierten Äpfeln. Werner spielt Weihnachtsmann. Auf dem Nachhauseweg sagt Malte zu seinem Vater: «Du warst ein prima Weihnachtsmann, Werner. Nur andere Handschuhe hättest du anziehen sollen.»

Hanni Schaaf

Sie werden das nie verstehen

Immer, wenn das garantiert salzfreie Streugut griffbereit neben der Haustür steht, die Autos morgens schlecht anspringen und ich mich am liebsten im Dunstkreis des Kaminfeuers ausruhe, dann spüre ich richtig, wie das Fest des Friedens naht. Alle um mich herum kriegen in dieser Zeit das verräterische Zucken um die Augen, das Zittern in die Hände, und schwerhörig werden sie auch, weshalb sie sich unentwegt anbrüllen müssen. Aus leidvoller Erfahrung klug geworden mache ich mich dann tunlichst unsichtbar, was für einen längst ausgewachsenen Rottweiler keine kleine Leistung ist.

Übrigens, auf den Hund gekommen sind meine Bezugspersonen erst, nachdem sie erfolgreich und mit der notwendigen Anpassungsgeschmeidigkeit durch die Institutionen marschiert waren. Sie sind nun endlich schwach alternativ linksliberal gemäßigt. Und auch ich belle nur noch zwecks Verteidigung unseres Eigentums, obwohl ich mich rühmen kann, in meiner Jugendzeit ein ganz toller Kläffer gewesen zu sein. – Doch, lang, lang ist's her.

Zwangsläufig endete die Zeit der Unruhe auch in diesem Jahr mit der Bescherung. Unter der nur leicht säuregeschädigten Edeltanne im milden Licht der neunundzwanzig echten Bienenwachskerzen wurden die Liebesgaben ausgetauscht. Der Herr des Hauses erhielt einen ausbruchsicheren Diplomatenkoffer, seine Dame ein dezentes Perlenkollier, der wohlgeratene, vierzehnjährige männliche Sproß der Familie jubelte über einen schwarzen Kasten mit allerlei Tasten und Drähten, dessen Bedeutung mir vorerst noch verborgen blieb. Mir überreichte man ziemlich einfallslos einen ganz banalen Hundeknochen, verbunden mit der Mahnung, den jüngst erst ausgelegten Buchara nicht gleich anzunagen, eine unnötige Predigt, da das gute Stück für meinen Geschmack zu naturfremd ist. Der Flokati von früher war jedenfalls wesentlich bekömmlicher.

Nachdem wie alle Jahre wieder der Baumbrand gerade noch verhindert und die Reste des gesundheitsbewußt-figurfreundlichen Festtagsbraten abserviert worden waren, begannen wir alle, das kalendarisch geforderte Bild des Friedens zu bieten. Jeder bosselte an seinem Geschenk herum und schwelgte in Erinnerungen an stürmischere Zeiten. Als im Radio zum sechstenmal eine stille Nacht verkündet wurde, begann ich langsam, daran zu glauben.

Bis dann der edle Knabe im lockigen Haar seinen schwarzen Kasten auf verwickelte Weise mit dem Fernsehgerät in Verbindung gebracht hat. Ich meine, ich mache mir ja nichts aus der Glotze, aber der Stolz der Familie muß sie wohl ganz schnell kaputtgekriegt haben. Statt der gewohnten Bilder huschten nur noch flüchtende Lichtpunkte über den Glasschirm. Der Junge drückte eine der Tasten. Da war plötzlich ein Heulen und Knattern um uns her. Pfeilschnell jagte ein heller Strahl auf die Punkte zu, traf einen, der, begleitet von einem ungeheuren Donnerschlag, bis an die Grenzen der Mattscheibe auseinanderstob.

«Volltreffer!» jauchzte das brave Kind und hopste auf dem Sofa herum.

«Klasse!» sagte der stolze Papa.

«Laßt mich auch mal», bat die allem Neuen gegenüber aufgeschlossene Mama.

Bald darauf kämpften sie mit- und gegeneinander um die Herrschaft über den Weltraum, daß es jedem einigermaßen friedliebenden Hund das Jaulen aus der Kehle treiben mußte.

Während sie sich um die Zahl ihrer Siege stritten, danach eine ordentliche Buchhaltung vereinbarten und ihnen angesichts ihrer Heldentaten die Augen aus den Höhlen quollen, habe ich lustlos erst an meinem Knochen, dann am Koffergriff und schließlich an der Perlenkette herumgeknabbert, was aber ohne Wirkung blieb.

Als über den Rundfunk zum elftenmal eine stille Nacht vorhergesagt wurde, beschloß ich endlich, ihnen einen dicken Haufen auf den Teppich zu legen.

Sie haben das nicht verstanden.

Michail Krausnick
Geschenktip

Falls Sie und ihre Lieben noch an den Weihnachtsmann glauben –
vielleicht wäre ein kleiner Atomkrieg das passende Geschenk für
den braven Alfred oder den lieben kleinen Franz Josef? Denn wenn
schon Weihnachtsmann, so soll er doch etwas Nützliches, etwas
fürs Leben, wenn nicht gar fürs Überleben bringen – nicht wahr?
Wie wäre es daher mit einem neuen Gesellschaftsspiel, das der
Frankfurter Verleger Reinhard Deutsch für nur 20 DM feilbietet?
Eine Mischung aus Monopoly und Mensch-ärgere-dich-nicht, für
die ganze Familie.

«Atomkampf um Würzburg. Die Festung, die alte Mainbrücke und
die Löwenbrücke sind von amerikanischen Atombomben zerstört.
Dann entscheidet eine sowjetische Atombombe auf die Innenstadt
das Kampfgeschehen.»

Oder umgekehrt. Horror-, Gruselgrausel- und Nostalgie-Welle im
fröhlichen Stelldichein. Mit einem kleinen Schuß Science-Fiction:
Atomkampf um Würzburg! Wenn das kein Knüller wird! Militärs,
kalte Krieger, Ostlandreiter vorgetreten! Das ist euer Krieg: Strate-
gie und Taktik. Aus den Fehlern des zweiten lernen, den dritten
gewinnen! Im alten Geist, im alten Gleichschritt: für 20 Mark sind
sie dabei.

Die Idee ist gar nicht so neu, wie Sie vielleicht vermuten: der amerikanische Verteidigungsminister hat ja nie ein Hehl daraus gemacht,
daß er einen ‹präventiven›, das heißt ‹vorsorglichen› oder vielleicht
auch ‹fürsorglichen› Atomschlag nicht ausschließt. Daß dabei Mit-
teleuropa, genauer: Deutschland, die Ehre haben dürfte, das
Schlachtfeld zu liefern, kann sich auch der Dümmste leicht ausrech-
nen. Also ist es doch nur realistisch, wenn wir und unsere lieben
Kindlein uns heute schon spielerisch darauf einstellen: Atomkampf
um Würzburg, Stuttgart, Saarbrücken, Heidelberg, München:
Trümmer, Tod und Asche.

Das Spiel muß ja mal endlich gespielt werden: Ost gegen West –
auch wenn von unserem schönen Land nur eine Aschenwüste übrigbleibt und wir am Ende schon viel zu tot sind, um das Ergebnis

jemals zu erfahren: ein Sieger wird sein, in den Atombunkern unterhalb von Washington – oder Moskau ... Für 20 deutsche Mark.

Halleluja – irgendwie paßt unser trautes Manöverspielchen optimal zwischen Gottesdienst und Weihnachtsgans – der liebe kleine Franz Josef und der brave Alfred werden strahlen vor Glück und Wonne: Atomkampf um Würzburg – was ja auch irgendwie der Entspannung dient, weil nämlich jedes Manöver, so der Herr Verteidigungsminister, letztendlich nur dem Frieden dient. Deshalb kann ich mir auch kein passenderes Weihnachtsgeschenk vorstellen als: Atomkampf um Würzburg.

Und Friede auf Erden ...

Uta Zaeske

Diese Mauern sind undurchdringlich ...

... die Todesstrafe, und öffentlich, und sofort, kein langer Prozeß, der geht nur auf Kosten der Steuerzahler, der schwer arbeitenden Bürger, öffentlich, sag ich, damit alle sehen, wohin das führt ...
   ... aber Oma, sagt Hanno ratlos.
   Oma hat recht, sagt Peter, in Südafrika gibt's so was nicht, Inhaftierte werden dort nicht verhätschelt. Oma hebt ihr Glas und trinkt.
   Der Vater zeigt uns die Zinnsoldaten, die er sich zu Weihnachten gekauft hat. Er zeigt den Katalog, nach dem man jederlei Kriegsspielzeug bestellen kann. Am Christbaum brennen die elektrischen Kerzen. Weihnacht 1980. Eine deutsche Familie. Eine ganz normale deutsche Familie. Die Mutter hat ein Riesenpuzzle zu Weihnachten bekommen, Renoir, weil Puzzle-legen ihr Hobby ist. Außerdem raucht sie zuviel. Ich rauche auch zuviel. Wir alle können aus diesem Gefängnis nicht raus, also nebeln wir uns ein. Es ist alles ohnehin so diffus. Peter nimmt die Gitarre und spielt Weihnachtslieder, und dann spielt er auch ‹streets of London›. Man sollte die Kerzen am Tannenbaum aus- und das Licht einschalten. Man sollte ganz genau hinsehen.

Ein Buch geht herum, ein Prachtband, Fotos aus Kaisers Zeiten, Text von Rolf Hochhuth. Den Text zu lesen, könnt ihr euch sparen, aber die Bilder, da seht ihr noch Gesichter, energisch, entschlossen. Da wird einem ganz warm ums Herz.

Ich sehe das Buch ganz langsam durch, während das Gespräch weitergeht über Autorität, Ordnung, Leistung. Schon lange mische ich mich nicht mehr ein. Diese Mauern sind undurchdringlich.

Man müßte einen Stein werfen in diese Fassaden, in die Glasglokken, unter denen ihr alle sitzt. Fällt mir denn nichts anderes ein?

Ich werfe keinen Stein. Ich sehe das Buch ganz genau an. Neben den entschlossenen Gesichtern der bürgerlichen Männer aus den Gründerjahren die Gesichter der Frauen. Über den geordneten Kleidern, der weißen Halskrause, unter der straffen Frisur auf den ersten Blick ein maskenhaftes Gesicht. Sie gleichen einander im Ausdruck. Die Augen hart, selten ein Schimmer von Romantik oder Sehnsucht. Die Münder, besonders die der jüngeren Frauen, verraten mehr. Münder, die mühsam ein Zittern verbergen, die Trauer, Resignation und Ratlosigkeit zeigen. Die Männer verbergen ihre Münder hinter Bärten in Kaiser-Manier. Sie sind Gefangene ihrer Zeit, ihrer Erziehung, ihrer Erwartungen. – Bauern blicken anders, lebendiger. Ein Schäfer sieht aus wie ein Dichter. Das Portrait des Mannes, der die Jauchegruben der Bürgerhäuser zu leeren hat, zeigt ein verschmitztes, schlaues, altes Männergesicht mit unzähligen Runzeln. Das Dienstpersonal, Küchenmädchen, Kinderfrauen, kluge und einfältige, aber lebendige Gesichter. Die Kinder in ihrer Obhut tragen nicht nur die Kleidung Erwachsener, sondern sie zeigen auch schon deren Ausdruck; energisch die heranwachsenden Jungen, ratlos steif die kleinen Mädchen: Alles eingeübt und weitergegeben bis heute, auch wenn die Kleidung, die Haltung lockerer geworden sind.

Heimweh kommt auf bei diesen Bildern nach einer guten alten Zeit, der sicheren, festgefügten Zeit, Sehnsucht nach der Ahnungslosigkeit und Unwissenheit einer Zeit, die wohl nicht so anders war, die unsere Zeit und unsere Menschen schon in sich barg. Heimweh kommt auf nach einer Zeit, in der Männer noch nicht mit Zinnsoldaten spielten, in der Männer Offiziere werden konnten, immer in der seltsamen Hoffnung, das blutige Spiel selbst zu erleben. Sie haben es erlebt, ihre Söhne und Enkel haben es erlebt, haben es zum Teil nicht überlebt. Wir lernten fast nichts daraus.

Schon 1792 – so die alte Inschrift an einem Türmchen in Eschwege, gefunden beim Abriß 100 Jahre später – schon 1792 verkaufte

der Kurfürst 12 000 hessische Männer als zwangsrekrutierte Soldaten nach Amerika. Dem Türmchen sieht man's nicht an. Aber den
Text sollte ich ja nicht lesen.

Und heute haben wir die Nato, Ronald Reagan, Afghanistan, den
Nahen Osten, die Ölfelder – und das gefährliche Spiel mit den Zinnsoldaten.

Neben den Hochsicherheitstrakten haben wir unsere Wohnzimmer zur Weihnachtszeit.

Weihnachten auf der Straße

Michael (Stadtstreicherkind, Justizvollzugsanstalt Kaisheim)

1962 feierten Mutter und ich Weihnachten auf der Straße. Wir hatten kein Zuhause, kein Geld und wenig Hoffnung. Wir hatten nur uns. Dazu kam, daß Mutter schwer erkrankt war und wohl nur noch von ihren Sorgen um mich am Leben erhalten wurde.

Manchmal kam es vor, daß wir überhaupt nichts in den Bauch bekamen. Doch das ließ sich alles noch ertragen. Schlimm wurde es für mich stets, wenn ich beobachten mußte, wie Mutter immer magerer wurde und immer kränker.

Es war schlimm für mich, Mutter so leiden zu sehen. Mich selbst trafen Regen und Schnee nicht so sehr, doch Mutters Anblick brannte sich mir mit brutaler Härte ins Bewußtsein.

Es war, als teilte ich Mutters Qualen, wenn ich mit ihr durch Schneegestöber gegen den Wind ankämpfte in der steten Hoffnung, doch noch irgendwo einen Winkel zu finden, in dem wir Schutz vor dem Schnee, vor der Kälte fanden . . .

Oft mußte ich sie stützen, wenn wir in unseren zerlöcherten Schuhen, stets bemüht, Pfützen auszuweichen, nachts durch die Straßen wanderten und eine Bleibe suchten.

Wie froren wir doch in unseren alten und schon dünnen Jacken – Mäntel hatten wir schon keine mehr, sie waren längst im Leihhaus und die Scheine verfallen.

Und wie oft kam es vor, daß wir mitten auf der Straße stehen bleiben mußten und dachten, es geht nicht mehr weiter, weil Mutter sich in Hustenkrämpfen wand.

Weihnachten 1962. Mutter war schwer auf meine Schulter gestützt, und so wanderten wir durch die vom Schneetreiben zusätzlich verdunkelten Straßen. Alle paar Meter mußten wir stehen bleiben und Mutter bekam ihren Hustenanfall.

Es war erbärmlich kalt – und Heiliger Abend!

Bisher versuchten Mama und Oma immer, Weihnachten unser Fest sein zu lassen und taten alles, um mir an diesem einzigen Tag im Jahr eine vereinte, friedliche Familie zu sein – nun war es zum erstenmal anders . . .

Nachmittags hatten wir noch Oma besucht und von ihr Küchenreste, wie Ochsenschwanzknochen zum Abnagen mitbekommen. Wir hatten uns einen offenen Hauseingang gesucht und darin an unseren Knochen herumgenagt.

Leider wollte man nicht einmal an Weihnachten, dem Fest der Brüderlichkeit und Liebe, mit «so was» unter einem Dach leben. Hausbewohner jagten uns wieder auf die Straße!

Da ich noch ein Kind war, konnten wir auch nicht wie andere Penner zur Caritas in den Bahnhofswartesaal gehen. So schleppte sich Mutter mit mir durch die weihnachtlich festlichen Straßen. Immer wieder blieben wir an Auslagen stehen und sahen uns die Nikoläuse und Christbäume an.

Stets war Mutter es, deren Hand sich in die meine stahl . . . Immer wieder sagte sie: «Mein armer Junge, ich wünschte, ich könnte dir all das geben!» Und: «Es wird auch wieder schön werden . . .» Damals glaubte ich, sie sei wegen der momentanen Situation so sehr deprimiert. Heute ist mir klar, sie wußte, daß sie dieses «Schönwerden» nicht mehr erleben würde.

Schön – was ist schön? Schön warm? Schön satt? Mir war's so schwer ums Herz, mir halfen keine Worte mehr – auch die von Mutter nicht.

Als wir an einem Wohnungsfenster mit offenen Gardinen vorbeikamen und den Christbaum im Inneren sahen, gingen wir näher hin und hörten leise Weihnachtslieder herausklingen. Mutter zog mich an sich und strich mir über die nassen Haare. So standen wir da und lauschten einem Weihnachtsständchen, welches Unbekannte für uns gaben, ohne es zu wissen.

Endlich gingen wir weiter.

Fest aneinandergeklammert gingen wir durch die verschneiten Straßen und hofften, daß die Stunden vergehen mögen.

Während wir so durch die Straßen wanderten, wurde uns unsere Einsamkeit mit aller Härte bewußt.

Kein Mensch war, wie sonst üblich, auf den nächtlichen Straßen zu sehen, nur ganz wenige Autos fuhren und der Schnee tat sein übriges, indem er auch noch unsere Schritte dämpfte.

In dieser drückenden Stille sprachen wir ganz leise, so, als hätten wir Angst, jemanden zu wecken . . .

Während der ganzen Nacht belogen wir uns. Mit mir begann es, als ich durch das Fenster beobachten konnte, wie andere feierten. Mir kamen die Tränen, aber immer wieder begann ich laut zu sprechen, um mein Schluchzen zu verbergen. Und, immer wieder sagte ich zu Mutter, ich hätte Schnee in die Augen bekommen.

Bald schon hatte auch Mutter laufend Schnee in ihren Augen, den sie unbedingt wegwischen mußte . . .

Wie oft fragte ich wohl in dieser Nacht Mutter, ob sie auch wirklich nicht weinen würde, und wie oft verriet ich mich selbst mit meinen Zweifeln an dem angeblichen Schnee in *ihren* Augen . . .

Oft verbrachten wir Nächte im Freien, jedoch verspürten wir sie nie so sehr schmerzhaft wie gerade diese Weihnachtsnacht.

Weihnachten 1966. Man hatte mich, als ich die Schule abgeschlossen hatte und eine Lehre beginnen wollte, lieber in ein Erziehungsheim eingewiesen. Damals war ich vierzehn, und eine Heimeinweisung erspart Arbeit . . . Zu Hause wuchs ich in ärmsten Verhältnissen auf, im Heim sollte es mir bald viel besser gehen.

Prügel, Unfreundlichkeiten, Kälte und Kartoffeln gab es im Überfluß. Ungewohnt, derart intensiv betreut und erzogen zu werden, wußte ich dies nicht zu schätzen und entwich mehrmals, um nach Hause zu Mutter zu laufen.

Das Heim, Birkeneck bei Freising, befand sich etwa 30 km von München entfernt.

Damals teilte es sich eine besondere Aufgabe mit anderen Heimen dieser Art: Fokkerwind, Piusheim Glonn, Landau, Gweichheim und noch einigen mehr: Sie hatten alle dafür zu sorgen, daß Sprößlinge aus zerrütteten Familien nicht doch noch den Weg in ein geregeltes Leben fanden. Immerhin haben wir Gefängnisse, Gerichte und einen ausgeprägten Polizeiapparat. Sie alle wollen vor der Bevölkerung gerechtfertigt werden . . .

Man erfüllte diese Aufgabe sehr genau und zur Zufriedenheit aller – aller, außer den Betroffenen, diesen ewig Uneinsichtigen!

Mir persönlich ist nur ein einziger Fall bekannt, daß ein Junge aus Birkeneck seiner Bestimmung entwich und nicht in einem Gefängnis landete.

Dort lebten nicht zehn, nicht zwanzig zukünftige Zuchthäusler – es waren einige Hunderte!

Nun, auch ich ließ mich nicht so einfach einer Berufung zuführen, welche mir nicht gefallen wollte. Im Heim jedoch war das Leben unerträglich, so entwich ich bei jeder sich ergebenden Gelegenheit. Sechs Monate führte mich das Heim in seinen Listen, ehe es mich meiner Bestimmung zuführte und einer Jugendstrafanstalt abtrat. Meine Geschichte beginnt damit, daß man mich nach einer Flucht wieder verhaftete und zurück ins Heim brachte.

Man hatte mich also wieder. Da es auf Weihnachten zuging, bekam ich eine Abreibung mit nachhaltender Wirkung.

An Weihnachten liefen immer die meisten weg, die Prügel sollten mich davon abhalten, doch sie riefen bei mir nur noch stärkere Trotzreaktionen hervor.

Am Heiligen Abend 1966 verabschiedete ich mich zum letztenmal von Birkeneck. Das wievielte Mal es insgesamt war, weiß ich heute nicht mehr, doch es war ein kleiner Rekord.

Ich hatte damals noch eine sehr hohe, kindlich reine Stimme. Man zwang mich deshalb, am Chor teilzunehmen und für Weihnachten zu trainieren.

So gerne ich auch sonst sang – ich konnte einfach nicht vor meinen Mitinsassen singen ...

Weihnachten war *unser* Fest! Meine Gedanken waren bei Mutter ... Bei uns war Weihnachten stets ein Fest der Zusammengehörigkeit. Kein großes Schenken, wir schenkten einander uns und unser Verständnis. Verziehen einander Fehler und gaben uns Wärme und Liebe. Wir waren einfach selig, so im totalen Frieden zusammensein zu können und uns unter Kerzenlicht unserer Zusammengehörigkeit bewußt zu werden! Immer sang uns Mara, meine Schwester, etwas vor, und auch ich stimmte ein oder spielte auf der Mundharmonika.

Und nun sollte ich vor all diesen Visagen Verrat an unserem Versöhnungsfest begehen! Sollte ich singen, etwas, was ich bisher nur für meine Liebsten getan hatte? Ich konnte nicht!

Noch weniger, weil man mich auch noch am Weihnachtsabend prügelte, nur, weil ich sagte, ich sei erkältet und könnte nicht singen. Es war eine schlimme Abreibung!

Immer wieder fragte mich der Erzieher: «Wirst du *nun* singen?» Sagte ich nein, setzte es weitere Schläge, so sagte ich gar nichts mehr.

Nun wollte er unbedingt eine Antwort von mir bekommen.

Ich verweigerte sie ihm. So schlug er noch eine Weile auf mich ein, gab es dann jedoch auf, weil er erkennen mußte, daß er so nie und nimmer Erfolg haben würde, sondern sich nur in seinem Jähzorn lächerlich machte.

Mit jedem Schlag verkrampfte ich mich mehr.

Je länger er mich schlug, um so klarer wurde mein Entschluß, daß noch an diesem Abend etwas geschehen müsse. Ich konnte das nicht einfach auf mir sitzen lassen – ich war zu wütend!

Endlich befahl der Erzieher, wir sollten zur Kirche gehen. Auch ich wollte einfach losziehen, er hielt mich jedoch zurück und sagte streng: «Schuhe aus und Jacke runter – du gehst so in die Kirche!» Nicht verstehend fragte ich: «Warum? In der Kirche ist es saukalt!»

Da gab er mir wieder ein paar Ohrfeigen. «Du läufst mir nicht mehr weg – und wenn ich dich erschlagen müßte!»

Endlich ließ er mich in Hemd und Pantoffeln zur Kirche gehen. Doch mit seiner Verdächtigung hatte er mir erst die Möglichkeit meiner Rache aufgezeigt ... Soll doch ein anderer singen – ich würde gehen!

Die anderen standen schon alle vor der Kirche und warteten zitternd auf Einlaß.

Es war schon fast gänzlich dunkel und schneite stark. Man hatte zwar andere Gruppenmitglieder damit beauftragt, mich im Auge zu behalten, doch sie hielten es für ausgeschlossen, daß ich wirklich in Hemd und Pantoffeln nach München laufen würde. Mühelos zettelte ich eine Rauferei an und verschwand in der allgemeinen Aufregung.

Zwei Jungen entdeckten noch meine Flucht und liefen mir nach. Sie hatten keine Chance – ich zog meine Pantoffeln aus und lief, als gäbe es Preise zu gewinnen.

Ich war noch immer durch den Radsport gestählt, sie dagegen waren nicht gewöhnt zu laufen.

Bald schon verloren sie sich im Schneegestöber hinter mir.

Es war eine bitterkalte Nacht.

Der Schnee schmolz mir auf den Schultern und in den Schlappen, welche ich wieder angezogen hatte. Durchnäßt und frierend suchte ich mir meinen Weg über verschneite Äcker und Felder.

Die Richtung kannte ich von meiner letzten Flucht. Irgendwann mußte ich auf die Straße zwischen München und Freising kommen. Immer wieder begann ich zu laufen, um mich warm zu halten. Endlich kam ich auf die ersehnte Straße und ging auf ihr in Richtung München. Die totale Einsamkeit auf meinem Weg über die nächtliche Straße machte mich depressiv. So trieb nicht nur die Kälte mir Tränen in die Augen.

Weihnachten ... Heiliger Abend!

Ich sehnte mich nach Mutter, sehnte mich nach Geborgenheit, nach ein paar guten Worten ...

Wieder begann ich, hart zu laufen. Selbst wenn ich nachließ, verfiel ich in keine normale Gangart, sondern behielt eine Art Trab bei. Dreißig Kilometer ... Für etwas Liebe nicht zuviel!

Endlich in München lief ich noch den ganzen Weg von Freimann bis nach Neuhausen, wo wir wohnten, durch die weihnachtlich stillen Straßen.

Schwarzfahren kam mir nicht in den Sinn.

Endlich zu Hause, konnte ich nicht ins Haus, die Tür war versperrt, die Schlüssel aber hatte man mir im Heim genommen.

Eine Klingel zum Läuten hatten wir nicht, so mußte ich ins Haus kommen, um klopfen zu können.

Ich war dem Zusammenbruch nahe. Jetzt am Ziel noch ein Hindernis, an welches ich nicht gedacht hatte ...

Keinen Gedanken an die Nässe verschwendend, setzte ich mich in den Schneematsch auf eine Treppenstufe.

Das Heulen half mir. Ich raffte mich auf und begann, hinter dem Haus mit Steinen nach Mutters Fenster zu werfen.

Wütend und verzweifelt mußte ich jedoch schon bald einsehen, daß ich mit meinen, von der Kälte steifen Armen nicht hoch genug werfen konnte. Die Steine fielen alle wirkungslos auf ein Garagendach.

In meiner Not stellte ich mich nun vor die Tür des Vorderhauses. Es war ein Neubau mit mehr Parteien als unser Rückgebäude, weshalb ich mir hier mehr Chancen errechnete.

Nach über einer Stunde kam endlich jemand aus dem Haus, und ich schlüpfte an ihm vorbei in den Flur hinein.

Wie wohlig warm erschien mir doch das Treppenhaus, obwohl ich wußte, daß man es nur mäßig heizte!

Endlich war ich durch das Waschhaus, welches beide Gebäude verband, in unseren Keller und von dort die Treppe hoch zu unserer Wohnung gekommen.

Auf mein Klopfen fragte Mutter durch die geschlossene Tür: «Was ist los? Wer ist denn draußen?»

Zu antworten war mir unmöglich. Öffnete ich den Mund, so schlugen meine Zähne wie im Fieber aufeinander.

Statt zu antworten, klopfte ich immer wieder.

Verwundert öffnete Mutter endlich die Tür.

Kaum hatte sie ihren Schock etwas überwunden, humpelte sie, so schnell es ihre vom Schlaganfall herrührende Lähmung zuließ, in den Hof und holte Schnee für meine leicht erfrorenen Ohren und Zehen.

In solchen Dingen hatte sie sehr viel Erfahrung, war sie doch täglich mit Ähnlichem auf ihrer Rußlandtournee und im KZ konfrontiert worden.

Sie öffnete das Fenster und verlangte von mir, daß ich meine nassen Sachen auszog, damit ich mich besser an den Temperaturumschwung gewöhnen würde.

Während sie mich an meinen erfrorenen Stellen mit Schnee einrieb, erklärte sie mir, daß Erfrierungen, würde man sie zu schnell auftauen, fürchterlich schmerzen würden.

Bald schon mußte ich ihr Recht geben ... Es machte sich in meinen Gliedern ein starkes Kribbeln bemerkbar, das bald schon von Schmerzen abgelöst wurde, Schmerzen, die sich langsam steigerten und mich an Quetschungen erinnerten. Zum Abschluß rieb sie mich noch mangels anderer Alkoholika mit dem Inhalt ihres Weihnachtsfläschchens ein!

Endlich konnte ich auch wieder sprechen und erlebte so, in warme Decken eingehüllt, doch noch Weihnachten zu Hause.

Außer dem einen Fest, welches Mutter und ich auf der Straße verbrachten, war dies auch unser erster Weihnachtsabend, an dem ich nicht sang.

Seither habe ich nie wieder gesungen ...

Diese Nacht verbrachte ich trotz meiner Angst, man könnte mich wieder abholen, zu Hause.

Am nächsten Morgen weckte mich Mutter sehr früh mit einem Kuß, wie in alten Zeiten.

Wir frühstückten noch zusammen, dann fuhr ich wieder nach Schwabing. Mutter wollte mir ihre letzten 40 DM mitgeben, doch ich ließ sie mir nicht aufzwingen, nahm nur wieder 5 DM mit.

Von meinen Bekannten war so früh noch niemand unterwegs. So ging ich in ein Obdachlosenheim.

Auch hier traf ich keine bekannten Schläfer an.

Einsam saß nur ein Mädchen wach im obersten Stock des Bettes unterm Dach und erklärte mir warum.

Schon als ich in den Raum kam, sagte sie: «Bitte bleib dort stehen – du könntest dich anstecken!»

Naiv fragte ich: «Warum?»

Sie hatte Lungenentzündung und konnte in kein Krankenhaus gehen, weil auch sie aus einem Heim kam und Angst hatte, zurückgebracht zu werden.

Irgendwie waren wir uns durch die Heimangelegenheit nahe. Ich ging und besorgte ihr mangels besserer Kenntnisse Novalgin-Chinin ... Anschließend setzte ich mich einsam ins Café Boulevard und trank eine Tasse Tee.

Weihnachten 1980 im Gefängnis. Wie schon so oft unterliege ich fast der Versuchung, mich meiner Strafe zu entziehen. Dies auf eine Weise, welche mir garantiert, nie wieder inhaftiert zu werden – auf eine sehr endgültige ...

Gleich einer heißen Woge überkam mich heute wieder die Gewißheit: ich bin allein. Schlimm. Es ist wirklich schlimm.

Mir ist's unheimlich elend, einfach zum Heulen ...

Manisch kreisen meine Gedanken um einen Strick, um Barbiturate und andere Toxen – werde ich mich beherrschen können?

Wie schrieb doch zuletzt meine Braut: «Ich werde dich am 18. dieses Monats besuchen kommen oder am 21., 22. – vielleicht auch erst am 23. ...»

Gekommen ist sie bis heute nicht.

Mit meinen anderen Angehörigen ist es nicht anders. Entschuldigungen bekomme ich in aller Regel auch nicht.

So hegt und pflegt man sich Tag für Tag. Rasiert sich täglich aufs neue, obwohl dies noch gar nicht nötig wäre, und lauert und lauert ...

Kommt nun der Besuch? Hat nicht eben ein Telefon geläutet? War da nicht ein Schlüsselrasseln? *Wird man mich holen?*

Alles nur, um irgendwann bitter enttäuscht einzusehen: du wußtest es doch schon.

Diese meine Situation ist keine Einzelsituation. Vielen ergeht es ähnlich, und auch das Empfinden ist nicht anders.

Meine Sehnsucht nach ewiger Ruhe ist grenzenlos.

Ich möchte schlafen,
schlafen viel lieber denn leben,
einen Schlaf, so sanft und tief wie der Tod.
Freund Tod, wer bist du, daß man dich so fürchtet?
Bedeutest du nicht ewige Ruhe und Frieden?
Mich dünkt, wir fürchten die Seligkeit!
Mein Leben ist keinen Pfennig wert,
das wär' schon übertrieben.
Vom Schicksal wurd' es arg bedacht,
mit Qual, anstatt mit Frieden.
Ich hab's nun wirklich übersatt,
nichts Gutes hat es mir zu bieten ...
Im Tod such' ich, was mir verwehrt,
im Tod such' ich den Frieden.
Kein' Pfennig ist mein Leben wert,
mein Tod jedoch den Frieden ...

Frank Göhre

Eiszeit

Vom frühen Nachmittag an hat es geschneit,
schneit noch immer. Feine Flocken, kaum
sichtbar.
Unter den Sohlen knirscht der Schnee.
Es ist 22 Uhr. Donnerstag, der 24. Dezember.
Weihnachten.
Heiligabend.
Es ist wie ein Traum von längst vergangenen
Zeiten: der frische Schnee, die festlich
erleuchteten Fenster, von fern Kirchenglocken.

Der Nachbar fegt die Einfahrt zur Garage frei.
– Ein frohes Fest, wünscht er, stößt den
Besen auf. Ein Spaziergang?
– Ja.
– Ja, an einem solchen Abend ...
Er läßt den Rest des Satzes unausgesprochen,
macht eine weite Geste, nickt zustimmend.

Keine Spuren auf den Wegen. Auch die Straßen
sind noch nicht befahren worden. Erst am
Stadtring zeichnen sich ein paar Fußstapfen
ab. Ein Wagen fährt langsam vorbei.

Im Winkel eine Gruppe Türken. Sie haben die
Kragen ihrer gesteppten Jacken hochgeschlagen,
die Hände tief in den Taschen, sehen zu einem
Fenster hin, zu zwei Frauen in Slip und knappen BH.
Das Fenster ist geschlossen.
Die Frauen beachten die Männer nicht, rauchen.
Als ich vorbeigehe, öffnet eine von ihnen
das Fenster, winkt mir zu.

Auf dem Tisch neben der Couch ein Tannenbäumchen im Topf, geschmückt mit kleinen,
roten Kerzen und Silberfäden.

Die Frau klopft eine Zigarette aus der
Packung, reißt ein Streichholz an.
Sie kassiert, fragt, ob ich noch einen
Schein zulege.
– Dann machen wir's uns gemütlich.

Sie hat keine familiären Verpflichtungen,
keinen Freund, auch keinen Typ, der bei
ihr absahnt. Sie ist heute hier, weil
einige Stammkunden sich angesagt haben,
nach der Feier zu Hause kommen wollen.
Sie rechnet mit hohen Einnahmen.
– Weihnachtsgratifikation.
Das Tannenbäumchen hat sie auf besonderen
Wunsch eines Kunden gekauft.
– Er bringt Gebäck mit und ich muß vorher
mit ihm ‹Stille Nacht, Heilige Nacht›
singen.
Über der Couch Poster der Gruppe KISS,
Nina Hagen und Playboy-Mädchen.

Ausländer nimmt sie nicht mit rauf.
Die haben ‹zu hohe Ansprüche›, wollen
‹grapschen und knutschen, Liebe eben›.
Und das gehört nun mal nicht zum Geschäft.
– Aber mach denen das mal klar.
Sie behält die hochhackigen Schuhe an
und schließt auch für einen Moment die
Augen.

In der Kneipe am Eck gibt es keine
Frikadellen, keine Soleier mehr. Auch das
Glas mit den Gewürzgurken fehlt. Man kann
Kebab bestellen, Krautsalat und Weißbrot.
Alle Tische sind besetzt.
Die dunkelhaarigen Männer trinken Kaffee,
reden laut, gestikulieren. Neben ihnen
türmen sich Koffer, verschnürte Kartons,
Plastiktüten.
Die Männer warten auf einen Bus, der sie

durch die Nacht Richtung Heimat bringen
soll. In die Türkei.
Sie wissen nicht, wie lange sie unterwegs sein werden: der Schnee, nicht gut.

An der Theke steht einer, der nichts dagegen hätte, wenn sie über die Tage hier
bleiben würden. Er hat ein paar Frauen
im Haus, die mit den ‹Knofels› gut zurecht kommen, sie schnell und sauber
bedienen.
Aber heute läuft ohnehin nichts mehr.
Die Frauen wollten unbedingt in die
Mitternachtsmesse, machen sich schon
zurecht. Und er fährt sie hin.
Wenn er sich noch einige Biere rein-
zieht, ist es nicht ausgeschlossen,
daß er mit ihnen in der Bank kniet,
die Hände faltet und feuchte Augen
hat.

Der Mann, der im Peep-Show-Haus die
Scheine in Markstücke wechselt, sagt:
– Nichts mehr live. Nur Cassette, in
Bunt.
Er zeigt auf die Uhr. Noch eine halbe
Stunde bis Mitternacht. Dann schließt
er, kramt die Geschenke für Frau und
Kinder unterm Tresen vor und nimmt ein
Taxi.
Der Schnee fällt dichter. Das Tor der Alt-
stadtkirche ist weit geöffnet. Ich sehe die
Tannen mit den elektrischen Kerzen neben
dem Altar, höre die Orgel.
Ein Mann überholt mich. Er zieht einen
Schlitten, auf dem eine in einen Pelz ge-
hüllte Frau sitzt. Sie hat eine Sektflasche
unter den Arm geklemmt.

Kirchgänger nähern sich. Ehepaare mit ihren
Töchtern und Söhnen. Ein Junge nimmt kurz
vor dem Portal die Kopfhörer seines Walkman
ab.

In einer Telefonzelle küssen sich zwei,
stoßen an die Tür, die aufschwingt. Sie
stolpern heraus, rutschen, fallen engum-
schlungen hin.
Das Mädchen lacht.
Er steht schnell auf, klopft sich ab und
rückt seine Jacke zurecht.
Da trifft ihn eine Handvoll Schnee mitten
ins Gesicht.
Er kann nicht fassen, daß sie ihn beworfen
hat, fragt wütend, ob sie ein Rad ab habe.
Demonstrativ geht er allein weiter.
Das Mädchen rappelt sich hoch, läuft ihm
nach.

Die Bahnhofshalle ist leer, die Schalter
geschlossen. Weihnachtsprogramm im Non-stop-
Kino ist: Blutjunge Lippen. Standfotos können
nicht ausgehängt werden. Nach den Feiertagen
wird ein Kung-Fu-Film gezeigt.

An der Treppe zur U-Bahn stehen die, die
im Sommer auf den Parkbänken schlafen.
Ich kenne sie seit Jahren.
Sie hauen mich immer um einen Heiermann an,
wenn ich ihnen begegne, um ein paar
Tacken.
Sie haben eine Palette mit Bierdosen zwischen
sich auf den Fliesen. Fuzzy wirft mir eine
zu:
– Weil Heiligabend ist.
Wir trinken, und ich frage sie, wo sie die
Nacht über sein werden.
Fuzzy hat einen Platz im Asyl. Der Schwatte
braucht noch Märker für eine Kneipe. Er hofft,
da auf einer Bank im Nebenraum pennen zu können.

Alfons ist das zu unsicher. Er legt sich wieder
an den Heißluftschacht der Städtischen Kranken-
anstalten. Die Schwestern haben ihm auch für
morgen Kaffee und Kuchen versprochen.
Ein Fotogeschäft in der Innenstadt hat schon
umdekoriert. Zwischen den Kameras und Stativen
Luftschlangen und Konfetti: Ein frohes, neues
Jahr.

Es begegnet mir niemand mehr. Hinter einigen
Fenstern schwaches Licht. Es ist still in
der Stadt.

Ein Lokal am Ring hat noch geöffnet. Früher
war es mit viel massivem Holz eingerichtet,
gab es Nischen und Kerzenbeleuchtung.
Jetzt wird es von Neonröhren erhellt, stehen
weißlackierte Stahlstühle unter aufgespannten
Sonnenschirmen mit Campari-Werbung.
Die Bar ist mit Silberfolie verkleidet.
Ein Mädchen in Tigerfellhose und weitem
schwarzen Pulli schenkt Sekt an elegant ge-
kleidete Jungendliche aus.
Aus den Lautsprechern dröhnt: Deutschland,
Deutschland, alles vorbei.
Nach und nach füllt sich der Raum. Die Mädchen
und Jungen zeigen sich ihre Geschenke: Arm-
banduhren und Schmuck, Hemden und Ringe.
Sie haben die ‹Bescherung› zu Hause ‹cool ab-
laufen› lassen, machen ‹dates› aus, sprechen
vom bevorstehenden Skiurlaub in der Schweiz.
Mir wird kalt.
Ich trinke aus, zahle und gehe.

Peter Schütt

New Yorker Weihnacht

Selbst für die Obdachlosen
auf der Bowery
ist Weihnachten
das Fest der Gnaden:
am 24. Dezember
werden ringsum
in allen verfügbaren Sälen
und Schulen in mehreren Schichten
kostenlose warme Mahlzeiten
ausgeteilt:
Tausende kommen
alljährlich umsonst
in den Genuß eines
gebratenen Truthahns.
Alle Kirchen und Gemeindesäle
bleiben die ganze Nacht über
geöffnet: so hat manch
einer das Glück,
die Heilige Nacht
statt auf dem Eisenrost
über einem U-Bahn-Schacht
im sanften Pfuhl
einer Kirchenbank zu verbringen.
Selbst die tägliche Mordrate
geht von durchschnittlich zehn
über die Feiertage
auf fünf oder sechs
herunter, und
ringsum den Times Square
machen, wenn die Christmetten
vorüber sind, die Kinder
unter den Prostituierten
das Geschäft ihres Lebens,
denn das Bedürfnis
nach Liebe und Zärtlichkeit
kennt an Weihnachten
keine Grenzen.

Ernst Volland:

Ferdinand

Wolfgang Heyder
Halleluja. Halleluja.

Nachdem ich dem alten Mann den Kot von den Hüften gewaschen habe, bringe ich sein Abendessen. Er muß gefüttert werden. Ich schiebe ihm ein kleingeschnittenes Stück Brot mit etwas Leberwurst in den Mund. Dann führe ich die Schnabeltasse an seine Lippen. Langsam, damit er nicht schlabbert.

Vor zwei Wochen habe ich hier, auf der Pflegestation eines Altenheims, meinen Zivildienst begonnen. Nach kurzer Einweisung soll ich helfen, die Männerstation zu betreuen. Sie ist zur Zeit von vier Männern belegt, jeweils zwei auf einem Zimmer. Meine Aufgabe ist es, die Patienten zu waschen, Essen und Medikamente auszuteilen, morgens die Betten frisch zu beziehen usw. Ab und zu darf ich ihnen etwas aus der Zeitung vorlesen, wenn im Haus keine anderen Aufgaben anliegen. Ich wohne in einem kleinen Zimmer unter dem Dachboden, das mir die Heimleitung zur Verfügung gestellt hat.

Heute ist Weihnachten. Während ich mich um die Patienten auf meiner Station kümmere, versammeln sich die übrigen Heiminsassen im großen Speisesaal. Da sitzen sie wie jeden Abend um die Tische, starren auf den riesigen Weihnachtsbaum, der in einer Ecke aufgestellt ist, geschmückt mit Osram-Birnen, Lametta, kleinen Friedensengelchen. Nach dem Abendessen werden Lieder gesungen – ‹Stille Nacht ... Heilige Nacht ... Einsam wacht ...› Eine Frau, die keine Angehörigen mehr hat, bekommt einen Weinkrampf. Sie wird von einer Schwester auf ihr Zimmer gebracht.

Die christliche Oberschwester hält eine Rede. Dann ist der Pfarrer dran. Kurzpredigt, Vaterunser und wieder Weihnachtslieder. Stille Nacht. Dann tritt zur Feier des Tages der Kirchenchor an, dirigiert vom Organisten. Dunkle Männerstimmen vermischt mit hellen Frauenstimmen, die Türen auf der Pflegestation sind weit geöffnet, damit auch die, die im Bett liegen müssen, die ‹Frohe Botschaft› hören können.

«Weihnachten», sagte der Heimleiter zu mir, «da müssen wir aufpassen. Da wird's oft kritisch. Da gibt es Gefühlswallungen, manchmal Stunk.»

Vorsichtshalber sind einige schwere Fälle schon vorher in eine geschlossene Anstalt überwiesen worden. «Wir sind hier ein Altenheim und keine psychiatrische Klinik. Wir nehmen auf, wen wir aufnehmen können», sagt der Heimleiter.

Im Speisesaal fängt eine der Frauen, die weinend dem Chor zugehört haben, so laut sie kann zu singen an, so daß der Chor nur mühsam die Strophe halten kann. Eine Schwester versucht, sie zu beruhigen. Ich werde zu Hilfe geholt. Es nützt nichts. Sie singt einfach weiter, singt und weint und schreit und wehrt sich gegen jeden Versuch, sie zur Ruhe zu bringen, auch als der Chor längst aufgehört hat. Einige der anderen schütteln den Kopf: «Die soll sich doch zusammennehmen.»

Nach dem Abendessen und der Abendandacht werden die Verwandten aus den Zimmern geschickt. Die Besuchszeit ist zu Ende. Während ich Herrn K. für die Nacht zurechtmache, wartet sein Sohn noch draußen vor der Tür. Herr K. ist sein Leben lang Bergmann gewesen, über zwanzig Jahre unter Tage. Sein Sohn will noch mal zu ihm, noch einiges mit ‹Opa› klären, damit es im Notfall keine Erbschwierigkeiten gibt. Herr K. erzählt mir traurig, er habe da einen großen Fehler gemacht: «Hätte ich doch mein Geld rechtzeitig verschenkt oder versoffen ... Über 100000 DM habe ich zusammengespart ... Und jetzt? Wer soll das alles bezahlen, schon ein Jahr Pflegestation ... Hätte ich es doch gemacht wie die anderen ... Wenn nichts mehr übrig ist, muß die Sozialhilfe zahlen ... Aber deshalb jetzt sterben? ... Die werden sich ärgern, wenn nichts mehr da ist ...»

«Was soll man dem ‹Opa› schon mitbringen», sagt sein Sohn draußen zu mir, «der braucht doch nichts mehr.» Er drückt mir einen Zehner in die Hand. «Haben Sie Geduld mit ihm ... Wir konnten ihn wirklich nicht länger zu Hause behalten ...»

Sein Zimmerkollege philosophiert über Selbstmord. «Ich will nicht mehr», sagt er, «schon drei Jahre hier auf Station. Wozu das alles? Überall Metastasen, den Unterleib voller Knoten, ein künstlicher Darmausgang ... Ich weiß, was das bedeutet ...»

Im anderen Zimmer fiebert Herr H., der früher Journalist bei einer Tageszeitung war, vor sich hin. Er hat die durchnäßte Unterlage zwischen seinen Beinen weggezogen, hält sie an sein Ohr wie einen Telephonapparat. «Hallo ... Hallo.» Er ist wundgelegen, schreit auf, als ich seinen schweren Körper auf die Seite stemme, um die offenen Stellen mit Wundsalbe einzureiben.

Er liegt zusammen mit Herrn P. auf einem Zimmer. Der hat einen eigenen Weihnachtsbaum. Den mußte ihm die Heimleitung versprechen, als er von der Wohnstation auf die Pflegestation umzog. Dafür hat er seine Bücher abgeben müssen. «Die nehmen zuviel Platz weg.» Er ist erst dreißig Jahre alt, an Multipler Sklerose erkrankt. Er erzählt mir zum hundertstenmal, wie oft er in Lourd gewesen sei, geholfen habe es nichts. «Aber das saubere Weihwasser . . .» Er bittet mich, ihm die Weihnachtsgeschichte vorzulesen. Während ich lese, kippt sein Kopf langsam zur Seite. Er ist eingeschlafen.

Draußen hat es aufgehört zu schneien. Durch die Fenster sehe ich auf der anderen Seite des Hafens die Lichtbäume der Raffinerien funkeln, sie spiegeln sich trübe im Wasser. Stille Nacht.

Der Pfarrer kommt noch zu uns auf die Station, besucht mit Handschlag jeden Patienten. «Wie gehts uns denn heute . . .» Jeder Patient bekommt ein kleines Geschenk, in rotes Weihnachtspapier eingewickeltes Gebäck, Süßigkeiten, einen Kalender für das kommende Jahr, den wir über den Betten aufhängen, fromme Sprüche zum Abreißen.

Nach Dienstschluß schneit es wieder. Im Fernsehen singt ein Chor in einer riesigen Kathedrale. Heilige Nacht. Auch der Papst hat seine Ansprache gehalten.

Ich will mich gerade zu Bett legen, als die Nachtschwester klopft. Leise sagt sie: «Wenn Sie mir bitte helfen könnten, ich bin heute nacht alleine. Wir müssen einen Toten fertig machen und in die Hauskapelle bringen.»

Rudolf Otto Wiemer

Moritat
vom Stadtstreicher Rackebrand

Nicht weit, in der Petrosilienstraße,
da wohnte der Stadtstreicher Rackebrand.
Er trug einen Schnurrbart unter der Nase
und ein Weib tätowiert auf der linken Hand.
Meist saß er zu Hause und feierte krank,
das war sein wunder Punkt.
Und wenn er dann noch Schnaps dazu trank,
dann hat es bei ihm gefunkt.

Im Kaiserbazar von Julius Kümpfe,
da kaufte er kurz vor Ladenschluß
für eine Mark zwanzig zwei schwarze Strümpfe
und eine Pistole mit sieben Schuß.
Das Schießding ist zwar für Kinder bestimmt,
doch war der Kauf nicht dumm,
denn wenn der Rackebrand was unternimmt,
dann weiß er auch warum.

Er wußte: in der Barmherzigkeitsgasse,
da haben sie grad Moneten gezählt,
dreitausend Mark in der Kirchenkasse,
und so was hat ihm schon lange gefehlt.
Er nahm das Fahrrad und stellt's an die Wand
bei Bäckermeister Hopf.
Dann zieht er den Strumpf mit geschickter Hand
sich über den dicken Kopf.

Er eilte empor die dreizehn Stufen,
und gleich darauf der Rentamtmann Spieß
hörte mit gräßlicher Stimme rufen:
«Rasch das Geld her! Oder ich schieß!»
Er sagte nicht Ja, er sagte nicht Nein,
er murmelte nur dumpf
und packte dem Räuber die Geldscheine ein
in seinen zweiten Strumpf.

Dann ist der Kerl mit dem Fahrrad verschwunden
und zog den Strumpf von seinem Gesicht.
Die Polizei, die suchte zehn Stunden,
doch Rackebrand, nee, den fanden sie nicht.
Zu seinem Glück fing es an zu schnein
und hat drei Tage geschneit.
Die Leute, die kauften Geschenke ein,
es war um die Weihnachtszeit.

Und in dem Kaufhaus von Adalbert Paasche
erschien am Tag darauf Rackebrand
und kaufte in der dritten Etage
ein golden durchwirktes Engelsgewand.
Dazu zwei Flügel aus weichem Flaum,

die Platte mit «Stille Nacht»
und Kerzen und einen Tannenbaum –
dabei hat er manchmal gelacht.

Und Heiligabend, so konnte man lesen,
hat in den Baracken ein Engel geweilt,
er ist bei den armen Schluckern gewesen
und hat Zwanzigmarkscheine ausgeteilt.
Dann sah man ihn noch bei der Bahnhofsmission
und vor dem Herbergstor.
Zur Mette riefen die Glocken schon,
vom Turm herab sang der Chor.

Und Rackebrand, als der Richter ihn fragte,
was er bei dem allen sich vorgestellt,
zwinkerte eine Weile und sagte:
«Mit Verlaub, Herr Gerichtsrat: Brot für die Welt.»
Er wurde verurteilt zu zweieinhalb Jahr,
doch das tat ihm keineswegs leid.
Laut sang er, als schon längst Sommer war:
«O du fröhliche Weihnachtszeit!»

Ullrich Gnauck

Nicht alle geben auf

Ein Jahr lang hat er die Griffe geübt
jetzt wartet er
den Rücken zur Wand
und hält sich lässig die Gelenke locker
der Weihnachtsmann jedoch
nahm heuer einen andern Weg.
Samtenen Schrittes geht er ihn suchen
den Schlagring an den Fingern

Ullrich Gnauck

Abzählreim 1976

Saulus wird Paulus
Tiger wird Lamm
Morgen und Abend
fallen zusamm'
liebliche Soldaten
gute Plutokraten
sanfte Amazonen
süßeste Zitronen
schöne Polizisten
böse Guitarristen.
Du hast lange Haare
ich halt die Kandare.
Ein Mann, zwei Mann, drei Mann, vier ...
stehen an der Hintertür
vorne geht die Türe auf
Peng! Das war Dein Lebenslauf
Peng! Peng!

Ullrich Gnauck

So reiß ich auf mein' Mund ...

So reiß' ich auf mein' Mund
und schließ' der Augen zweie
und halt' der Ohren beide zu
so reiß' ich auf mein' Mund
und schreie, schreie ...

Ob der Frieden
doch noch kommt?

Reinhardt Jung

Ansprache des Vorsitzenden der
«Berufsgenossenschaft Sacktragender Berufe»
Nikolaus v. Walde zur Lage der Nation
anläßlich der Jahreshauptversammlung der
Deutschen Weihnachtsmänner im Fichtelgebirge.

Liebe Kollegen ...
... wo war ich gerade stehengeblieben?
Liebe Kollegen,
wir deutschen Weihnachtsmänner grüßen an dieser Stelle
ganz besonders unsere Brüder und Schwestern im anderen
Teil unseres gespaltenen Vaterlandes.
Wir alle haben ein gespaltenes Verhältnis.
Mit verhältnismäßig gespaltenen Gefühlen sehen wir, wie
unsere Kollegen im anderen Teil unseres Vaterlandes zu
volkseigenen Sackträgern gemacht werden. Das ist die
Verstaatlichung der Säcke.
Mit solchen Säcken ist kein Staat zu machen.

Das gilt auch für uns im Westen.
Die Staatssäckel sind leer.
Ihnen fällt nichts mehr ein.
Deshalb kämpfen sie auch gegen den Einfall der Sowjetunion
in Afghanistan und Polen. Diese Front verläuft quer durch
El Salvador.
Dazwischen liegt das freie Meer.
Mehr Freiheit versprechen alle Politiker.
Wir Weihnachtsmänner fordern auch mehr!
Das wird Signalwirkung haben.
Überall zwischen den Tannenspitzen sieht man schon
die Waffen blitzen!
Von der Weihnachtsgans zur Friedenstaube ist noch ein
langer Weg. Dazwischen liegt das Schlachten und Fressen.
Viele sind vom vielen Frieden schon ganz taub!
Besonders wir Deutschen.

Besonders wir deutschen Weihnachtsmänner haben
ein gespaltenes Verhältnis.

Dreigeteilt – nie!
Das haben wir immer gefordert.
Das fordert auch die SPD.
Wir sind gegen alle Spaltungstendenzen.
. . . äh, wo warn wir gerade stehengeblieben?
Bei den Spaltungstendenzen!
In der Tendenz sind wir lediglich für die Kernspaltung.
Wir denken da weniger an Haselnüsse, sondern mehr an
die SPD!
Im Kern steckt schon die Spaltung.
Auch die CDU ist gespalten.
In CSU und NPD.
Die Spaltung ist das Schicksal der Deutschen Nation!
Auch die Presse druckt in Spalten.
Wir haben die deutsche Spaltung verinnerlicht.
Innerlich sind wir gespalten.
Das ist die Neue Deutsche Innerlichkeit:
Früher glaubten wir an den Endsieg.
Heute glauben wir an den Sieg des Endes.
Wir wollen uns nicht wieder selbst enttäuschen, oder?!
Durch ganz Deutschland geht ein Riß!
Wir haben Trennungsangst.
Deshalb versuchen wir erst gar nicht,
ernsthaft zusammenzukommen.
Wir wollen uns nicht von unsrer Angst trennen.
Im Osten versuchen sie . . .

. . . äh, wo warn wir gerade stehengeblieben?
Im Osten!
Das war 1945.
Heute ist das anders.
Wir haben einen gesamtdeutschen Generationskonflikt!
Durch ganz Deutschland geht ein Riß:
Die Väter versuchen durch militärische Disziplinen den
Weltfrieden zu sichern.
Die Kinder versuchen durch Disziplinierung der Militärs
den Weltfrieden zu sichern.
Wir alle haben ein gespaltenes Verhältnis.
Auch die Kirche ist gespalten in Ost und West.
Im Westen heißt es zu Gottes Wort: Suchet, so werdet ihr
finden.

Im Osten heißt es, daß jene, die Gottes Wort gefunden haben,
schon gesucht werden.
Wir alle suchen.
Auch im Westlichen Bündnis.

Ronald Reagan kommt uns besuchen.
Wir alle haben ein gespaltenes Verhältnis.
Bei uns ist die größere Hälfte der Bürger dafür, daß er kommt.
In den USA ist es genau umgekehrt.
Da ist die größere Hälfte dafür, daß er geht!
Auch für uns ist das wichtig.
Gerade für uns Kleinbürger ist wichtig, was nicht geht.
Das bleibt dann nämlich.
Das ist dann Fortschritt.
Auch da sind wir gespalten.
Während der Kleinbürger im Osten noch die Freiheit im Konsum
sucht, ist der Kleinbürger im Westen schon voll dabei, seine
Freiheit gänzlich zu konsumieren.
Der Osten will den Westen überholen.
Das kostet viele ihre Freiheit.
Es soll ja schnell gehen.
Sie wollen vor uns dasein.
Jawoll, wir haben noch ein Dasein vor uns.
Aber dazu haben wir ein gespaltenes Verhältnis.

... äh, wo warn wir gerade stehengeblieben?
Verhältnis.
Im Verhältnis dazu ist die Forderung der Frauenbewegung nach
Planstellen für weibliche Weihnachtsmänner nur ein Randproblem
innerhalb der Berufsgenossenschaft «Sacktragende Berufe».
Deutschland hat genug Weihnachtsmänner!
Der Deutsche Weihnachtsmann hat weltweit einen guten Ruf!
Auch in der Politik.
Deshalb rufen wir den Menschen draußen im Lande zu:
Männer!
Deutsche Männer!
Deutsche Weihnachtsmänner:
Von draußen vom Walde komm ich her,
und das nicht nur zur Weihnachtszeit,
ich bring euch gute neue Mär –
die Saison ist eröffnet
allzeit bereit!

Karin Trützschler

Vorweihnacht auf der Startbahn 18 West
in und um Frankfurt und überhaupt ...

Von drauß' vom Walde komm ich her,
ich muß euch sagen, es startbahnet sehr.
Allüberall auf den Tannenspitzen
sah ich die Polizisten sitzen,
und droben aus der Hubschraubertür
sah der Innenminister herfür.
Und wie ich so strolcht' durch den finsteren Tann'
rief er mit lauter Stimme mich an:
«Chaot», rief er, «asozial und kriminell,
hebe die Beine und spute dich schnell!»
Die Augen fangen zu brennen an,
die Wasserwerfer sind aufgetan.
«Und morgen flieg ich nach Wiesbaden wieder,
dort knüppeln meine Beamten euch nieder.»
Ich sprach, «oh, lieber Herre Gries,
wenn ich dich seh', wird mir so mies.
Ich will jetzt noch nach Frankfurt / Main,
dort woll'n wir alle chaotisch sein.»
«Hast denn das Säcklein auch bei dir?»
Ich sprach, «das Säcklein, das ist hier,
denn Steine, Stöcke, dies und das,
das macht den braven Bullen Spaß.»
«Hast denn die Rute auch bei dir?»
Ich sprach, «die Rute, die ist hier.
Doch für die Bullen nur, die schlechten,
die trifft sie auf den Teil, den rechten!»
Der Gries, der sprach, «so soll's nicht sein,
ich sperr' euch in den Knast hinein!»
Von drauß' vom Walde komm ich her,
ich muß euch sagen, es startbahnet sehr.

Erich Rauschenbach

Dieter Süverkrüp
Weihnachtslied

Heute abend
hat sich die Betonstadt hinterm Güterbahnhof
bis zum Rand mit Andacht vollgedröhnt.
Heute abend
wird vom Ersten, Zweiten und vom Dritten Fernsehn
Weihrauchduft mit Tränengas verströmt.
Heute abend
in der dritten Strophe des O-Tannenbaumes
ist dem Hauptwachtmeister heiß und kalt.
Heute abend
fragt er: war's die falsche Seite, wo er stand
im Kampfanzug im herbstlich nassen Wald.
Heute abend
fällt der kranke, stinkbesoffne Wermutsbruder
heulend aus dem Obdach-Bunker raus.

Heute abend
sehn die Fenster in den teuren-Vorort-Villen
wie barocke Weihnachtskrippen aus.

Stille Nacht, allerseits!
Heilig Abend, zusammen.
Macht die Tür zu, das Licht aus,
die Kerzen an. Amen.

Heute abend
hofft die Mutter, daß ihr arbeitsloser Jüngster
sich nicht wieder heimlich Haschisch kauf'.
Heute abend
hat der dicke Kindesmörder dienstfrei, heute
ißt er alle Bonbons selber auf.
Heute abend
pinkelt der Erfinder der Neutronenbombe
viele kleine Herzen in den Schnee.
Heute abend
gibt es einen zart-gebratenen Friedensengel
bei Herrn Wehrexperten zum Diner.
Heute abend
sind die Straßen leichenblaß und abgegessen,
daß man ihrem Frieden nicht mehr traut.
Heute abend
vor der Stadt in der Raketenstellung kriegt ein
junger Offizier die Gänsehaut.

Stille Nacht, allerseits!
Heilig Abend, zusammen!
Macht die Tür zu, das Licht aus,
die Kerzen. Amen.

Heute abend
sitzt dem Vater unterm Hemd die Angst um seinen
Job – weil auch sein Herz nicht mehr so will!
Heute abend

weiß Direktor Dings vom ober'n Management
natürlich längst: bald liegt der Laden still.
Heute abend
warten viele dünne, starre Hungerkinder
einzig und allein auf dein Gebet.
Heute abend
ginge es, daß alle immer satt sein könnten,
wenn nur ginge, was schon lange geht.
Heute abend
bringt ein ernster Volksvertreter einen Toast
auf unseren Verteidigungsbeitrag aus.
Heute abend
feiert so ein zweifelhafter Friedenspfarrer
mit den Typen vom besetzten Haus.

Heilig Abend, zusammen!
Stille Nacht, allerseits! –
Ob der Frieden doch noch kommt?
Er bewegt sich wohl bereits.

Arnfrid Astel

NIEDER MIT DEM HIMMEL!
23 Ansichten zum Frieden auf Erden

DECKENGEMÄLDE
(Nieder mit dem Himmel!)

Warum nicht in Augenhöhe?
Immer verschwenden diese
Künstler
ihr Maltalent an den Himmel.

DER Himmel
fällt mir ein,
der schöne Himmel.

ACH du lieber Himmel,
sagte die Maus,
als der Bussard zustieß.

CATHEDRALE

Von den Säulen
die frommen Kapitel
heruntergeholt
mit dem Fernglas.

ZU CHAGALLS
«FRAU MIT KIND»
Wer stillt? – Das Kind!
Maria weiß, es quillt
aus seinem Mund die Milch,
von der die Brust ihr schwillt.

DEM Himmel ein Zeichen,
die Fingerspur
auf dem Dachziegel.

DER Himmel
gespiegelt
in einer Pfütze.
In diesem Himmel
badet ein Spatz.

EINE Schale
in meiner Hand
und in der Schale
das Himmelsgewölbe
und aus dem Gewölbe
trinken wir Wein
und sehen die Sterne.

WEIHNACHTEN. Im Fernsehn
spricht die Briefmarke.

TRIER. Helmut Schmidt
in den Kaiserthermen.
Hubschrauber, Maschinenpistolen.
Deutsche Schäferhunde
lagern auf der Wiese.

WER wird denn vor einem Falken
Angst haben,
sagte der Adler zum Spatzen.

EIN Himmel aus Email
über dem Adler
auf der Rückseite
eines Groschens.

HAUThelle Nacht,
die gelöste Zunge.
Tauchend entkommen wir
dem Raubvogel Himmel.

KIELOBEN. Das Boot
fährt über den Himmel.

HEIMWEG

Die Sterne am Himmel
nach dem Feuerwerk.

Die Äolsharfe
in der Schießscharte

Schwerter
zu Pflugscharen.

Orgelpfeifen
in die Stalinorgeln.

Die Madonna streikt.

«NACHRÜSTUNG»
Die Regierung werde sich nicht
ins Handwerk pfuschen lassen.
Wir werden ihr aber
in den Pfusch handwerken.

KRIEGSspielzeug?
Warum eigentlich nicht?
Die spielen doch bloß.
Ratatataaa!
Den Soldaten
müßt ihr es wegnehmen.

NACHrüstung
durch Kürzung
der Zuschüsse
an die Kriegsopfer.

FRIEDEN.
Ein Starfighter
stürzt ins Büro.

IN schwarzen Gummistiefeln
durch den Pulverschnee.
Wer hat das Pulver erfunden?

FRIEDEN

Ein Durchschuß

durch die hohle
Säule im Garten.
Einflug und Ausflug
für dort
nistende Vögel.

TONFLÖTE

Ein Ton
aus dem Ton.
Adam spielt
lieber Gott.

Gerd Fuchs

Friedenserklärung

(Geschrieben für die Abschlußkundgebung des Ostermarsches 1982, den das «Hamburger Forum» veranstaltete)

Wir sprechen nicht von Krieg. Wir sprechen nicht von etwas, das die Menschheit kennt. Wir sprechen von etwas, das die Menschheit nicht kennt.

Wir sprechen von etwas, wofür es keine Worte gibt noch je geben wird. Denn wenn die 70 000 bis jetzt einsatzbereiten Atomspreng-köpfe explodiert sind, wird es niemanden mehr geben, der dafür ein Wort zu finden versuchte, weil es die Menschheit nicht mehr geben wird.

Wir nahmen es hin, daß die Vorbereitung dieser Möglichkeit «Si-cherheitspolitik» genannt wird. Wir nahmen es hin, daß die Aus-führung dieser Möglichkeit «Vorwärtsverteidigung» genannt wird. Unter dem Atom-Schirm sollten wir es uns gemütlich machen. Ge-wöhnen sollten wir uns an Wörter wie «Zielgenauigkeit», «chirur-gischer Erstschlag», «Megatonnen». Gewöhnen sollten wir uns dar-an, daß von unserer Auslöschung als «Versaftung» gesprochen wird.

Wir haben uns an diese Wörter nicht gewöhnt. Und wir nehmen es nicht länger hin, daß wir verhöhnt werden mit Wörtern wie «Schutzmacht» oder «Sicherheitspolitik». Was ist das für eine Poli-tik, und von wessen Sicherheit wird da gesprochen? Nicht von unserer.

Wir brauchen neue Wörter. Wir brauchen neue Gedanken. Abge-rüstet werden muß auch in unseren Köpfen. Jahrtausende alte Be-griffe wie «Sieg» und «Niederlage», «Weltmacht» und «Interessen-sphären», «Einflußbereiche» und «Eindämmung», «Wandel durch Annäherung» sind nutzlos – schlimmer: sie sind gefährlich. Der Planet droht in Brand zu geraten. Da kann vor Grenzen nicht halt gemacht werden. Auch nicht vor Grenzen in Gedanken.

Wir stehen hier an einem der gefährdetsten Punkte der Erde. Die Reagan-Regierung glaubt, Westeuropa zum Schießplatz machen zu können, auf den sie, gefahrlos für sich selbst, die letzte, entschei-dende Schlacht gegen den Kommunismus austragen kann. Ob sich dieser Irrsinn verwirklicht, hängt nicht nur von Mister Reagan ab. Ob der nach dem Völkermord an den Juden wahnwitzigste Plan der

Menschheitsgeschichte verwirklicht wird, hängt entscheidend von der Rolle dieses Landes ab.

Werden wir den amerikanischen Bombenlegern die Haustür öffnen oder nicht? Sind wir einverstanden mit der Rolle, die die Reagans und Rockefellers uns zugedacht haben, uns nämlich für God's Own Country versaften zu lassen, oder nicht? Das heißt, wir und nicht die Rockefellers haben es in der Hand, ob aus diesem Plan etwas wird. Und wenn wir Deutschen schon einmal berücksichtigt waren wegen notorischer Kriegslüsternheit, warum sollten wir uns nicht auch einmal wegen Friedenslüsternheit einen Namen machen unter den Völkern.

Als ein gewisser Carter uns seinerzeit mit der Neutronenbombe winkte, da winkten hier in Europa derart viele ab, daß es genügte, ihre Stationierung bis jetzt zu verhindern. Als wir einmal begriffen, was ein Atomkraftwerk ist, da machten sich derart viele auf die Beine, daß seither das Atomprogramm der Bundesregierung zum Stillstand gekommen ist. Warum sollten wir uns jetzt, wo es um Tod und Leben geht, nicht noch öfter so wie heute auf die Socken machen, so lange bis die Bundesregierung von dem Stationierungskonzept unserer sogenannten Schutzmacht sagen muß, was Herr Albrecht von Niedersachsen über das sogenannte Entsorgungskonzept der Bundesregierung sagen mußte, nämlich es sei politisch nicht durchsetzbar.

Die neuen amerikanischen Angriffsraketen sollen in einem Jahr stationiert werden. Tatsächlich wird bereits jetzt stationiert. Die Abschußrampen, Raketen-Laster, Unterkünfte und Versorgungseinrichtungen werden ja schon gebaut. Und zu diesem Stationierungsplan gehört, daß, während diese ganze hochkomplizierte, die Arbeitskraft und Intelligenz von Hunderttausenden verschwendende Todesmaschinerie aufgebaut wird, gleichzeitig die Löhne und Renten, die Mittel für Krankenhäuser, Altenheime und Kindergärten abgebaut werden. Die Zerstörungskraft dieser Raketen wirkt bereits jetzt, wirkt als Arbeitslosigkeit, Wohnungsnot und Inflation, wirkt als Angst, Zukunftslosigkeit, Verzweiflung. Wir bezahlen bereits jetzt für sie. Erst recht bezahlen die Völker der Dritten Welt für sie. Für Millionen dort bedeuten sie jetzt schon den sicheren Hungertod.

Wir haben gestern und heute gegen den Tod gekämpft. Wir haben damit nicht nur Nein zur Vernichtung gesagt, wir haben damit auch Ja zum Leben gesagt. Es ist auch ein Sieg unserer Kämpfe gegen die amerikanischen Raketen, das Atomprogramm der Bundesregierung, gegen die Zerstörung der Umwelt, gegen Berufsverbote, den Abbau demokratischer Rechte, Arbeitsplatzvernichtung, Frauendiskrimi-

nierung und Lehrstellenmangel, daß wir uns dieses Wort zurücker-
obert haben.

Daß wir uns von Wörtern wie «Wohlstand», «soziales Netz»,
«soziale Sicherheit», «Sozialpartnerschaft», «Wirtschaftswachs-
tum» nicht dieses Wort verstellen ließen – Leben. Leben, das ist
mehr als all das zusammengenommen. Das ist, so wie wir es in unseren Kämpfen zu verstehen gelernt haben, die kühnste Utopie und
die höchste Form der Solidarität, auf die sich Menschen einigen
können. Doch nicht nur wir Menschen brauchen diese Utopie und
diese Solidarität. Die Erde braucht sie. Jede Kreatur braucht sie.
Wir sind nicht allein. Wir haben nicht das Recht, mit unserer eigenen Auslöschung auch alles andere Leben auf dieser Erde und wahrscheinlich im Universum auszulöschen.

Wir sind gestern und heute einen weiten Weg zusammen gegangen. Seit Mister Haigs Wort, daß es Wichtigeres gebe, als im Frieden
zu sein, haben immer mehr Menschen gelernt, zusammen zu gehen.
Denn das mußte ja gelernt werden, daß niemand allein zu sein
braucht in der Ratlosigkeit seiner Vereinzelung. Es mußte gelernt
werden, daß die Ohnmacht überwindbar ist. Vor allem aber mußte
gelernt werden, verschieden zu sein in vielem, einig aber in dem
einen.

Die letzten beiden Tage waren große Tage für unsere Bewegung.
Doch vergessen wir darüber nicht: Sie fliegen in Baumwipfelhöhe,
sie folgen Flußläufen, sie sind in sieben Minuten am Ziel. Es wird
keine Warnung geben. Wir *sind* gewarnt.

Vergessen wir nicht, was wir gelernt haben. Erst als wir lernten,
das Gemeinsame über das Trennende zu stellen, entstand die Frie-
densbewegung, entstand die einzige Kraft, die imstande ist, die ato-
mare Katastrophe zu verhindern. Erst als wir im gemeinsamen, soli-
darischen Kampf lernten, Nahziele von Fernzielen zu unterscheiden, wurden wir von den Regierenden ernstgenommen. Erst als wir
uns einig wurden in dem einen Ziel, das die Voraussetzung ist für
alle weitergehenden, friedenschaffenden Ziele, wurden wir von ihnen gefürchtet. Und dieses Ziel, das als erstes erreicht werden muß,
heißt: keine Pershing 2 und Cruise Missiles in diesem Land.

Wir haben gegen das Alte gekämpft, und es ist etwas Neues entstanden. Wir haben gegen die Vernichtung gekämpft, und es ist etwas sehr Lebendiges entstanden. Wir haben gegen die Barbarei gekämpft, und es ist die Humanität unserer Bewegung entstanden.
Von diesem Land gingen zwei Weltkriege aus. Von diesem Land
muß endlich Frieden ausgehen.

Höchste Zeit,
die Krippe brennt

Winfried Thomsen
Mein Wunschzettel

Lieber guter Weihnachtsmann,
  bitte erfülle mir einen Traum, und der geht so:
  Ich hatte keine Kopfschmerzen und der Arzt trotzdem eine ganze
Stunde Zeit für mich. Über meinen Krankenschein lachte er, und als
ich ihm Geld bot, fragte er, was das denn sei.

  Gegenüber, bei den Bewohnern der buntbemalten Häuser, war
das Wort Miete in Vergessenheit geraten, in den Vorgärten spielten
jugoslawische und portugiesische Mädchen und Jungen Fußball –
von den Rentnern angefeuert, nur ja ordentlich Lärm zu machen.
Die beiden Töchter des Papstes traf ich im Kinderladen, in den
Schulen gab es nur zwei Fächer: Selbständigkeit und Phantasie, und
überhaupt: jeder redete, schrieb, filmte, was ihm einfiel, las, was er
mochte, und in der Zeitung fand ich kein einziges Callgirl-Inserat.

  Nirgendwo waren Uhren, überall sprachen Menschen miteinander, die einander nicht kannten, und in den Autos fuhren immer
vier, fünf Leute gemeinsam zur Arbeit oder nach Hause. Allein war
nur, wer gerade wollte, und wirklich alt war nur der Wein. Im ehemaligen Arbeitsamt probten Theater- und Musikgruppen, die
Fließbänder waren den Vereinigten Staaten ebenso auf den Mond
gefolgt wie alle Videotext-Systeme und die McDonald's-Kette.

  Auf dem Autobahnteilstück weideten Kälber, im früheren Ge-
fängnishof scharrten Hühner, auf der dritten Startbahn wurde gerade Wald gepflanzt, meinem Kind konnte ich Schmetterling, Frosch
und Specht zeigen, und unter dem Strand lag das Pflaster. Über dem
grünen Land lag ein dunstfreier wolkenloser blauer Himmel, und in
allen Gewässern konnte ich baden, auch fischen, und sogar aus ihnen trinken.

  Die Atomruinen waren abgeräumt, in Gorleben blühten 1001
Blumen, im Museum fand ich noch eine Mittelstreckenrakete. Weit
und breit keine Kaserne, aber alle Studenten hatten eine Wohnung.
Ronald Reagan schnitzte Spielzeug, Maggie Thatcher lag im Gras
und schaute die Sterne an, Ernst Albrecht jätete seinen Gemüsegar-
ten, während nebenan die Grauen Wölfe ihre Geranien pflegten.
General Haig besorgte den Haushalt – am liebsten wäscht er ab,
hörte ich, das entspannt –, und im Bundeskanzleramt schrieb eine
Türkin Gedichte.

  Nirgendwo bekam ich einen Gummiknüppel über den Kopf,

wurde gefilmt, belauscht. Ich stand in keiner Kartei, meine Finger-
abdrücke waren nicht gespeichert, kurz:

Die Würde des Menschen war unantastbar, alle entfalteten frei
ihre Persönlichkeit, erfreuten sich des Lebens und körperlicher Un-
versehrtheit; Männer und Frauen waren gleich, und niemand mußte
wegen seines Geschlechts, seiner Abstammung, Rasse, Sprache,
Heimat oder Herkunft, seines Glaubens, seiner religiösen oder politischen Anschauungen benachteiligt oder bevorzugt werden. Jeder
äußerte und verbreitete frei seine Meinung in Wort, Bild, Schrift
und Ton, versammelte sich, wo, wie und mit wem er wollte, wählte
frei seinen Beruf und Arbeitsplatz und war nicht zum Kriegsdienst
verpflichtet. Unverletzlich waren das Brief-, Post- und Fernmelde-
geheimnis, Grund und Boden, Naturschätze und Produktionsmit-
tel aber gehörten allen.

Ein Land ohne Mißtrauen, Konkurrenz, Überwachung, Berufs-
verbot, Verseuchung, Drogen und Rüstung? Lieber Weihnachtsmann, mach, daß ich nicht aufwache und einen furchtbaren Schreck
bekomme, weil ich der letzte Deutsche bin, denn: wie soll ich allein
für Ordnung sorgen, in einer solchen Welt!

Ilse Kibgis

Wunschzettel eines Arbeitslosen

eine Bewerbung die ankommt
Arbeit
und ein bißchen mehr als Brot
ein paar neue Freunde
eine Frau die ihr Gesicht
wiederfindet
ein Beruhigungsmittel
gegen die Angst
einen Urlaub in Biedenkopf
einen Prämiensparvertrag
für die Renovierung der Wohnung
vielleicht auch
keinen Prämiensparvertrag
für die Renovierung der Wohnung
keinen Urlaub in Biedenkopf

kein Beruhigungsmittel
gegen die Angst
keine Frau die ihr Gesicht
wiederfindet
keine neuen Freunde
nur eine Bewerbung die ankommt
Arbeit
und ein bißchen mehr als Brot

Ilse Kibgis

Fantastisches Weihnachtsgebet

hell erglühn die Kerzen
öffne uns die Herzen
gib all unsere Gaben
denen die nichts haben

nimm uns die Brillanten
und die Diamanten
tu die Nerze und die Füchse
in die große Sammelbüchse

nimm die schönen Worte
und die Weihnachtstorte
reiß den Schnaps von unseren Lippen
und den Speck von unseren Rippen

geh durch unsere Räume
laß uns unsere Träume
laß uns unser täglich Brot
unsern zeitgerechten Tod

laß den Frieden wachsen reifen
unter Jeans und Nadelstreifen
in Polypen Demonstranten
und in Waffenfabrikanten

gib der Fantasie viel Bilder
ohne Stop- und Einbahnschilder
die Gedanken lehre Denken
die Beschenkten lehre Schenken

halt die Welt in der Balance
gib uns eine letzte Chance
diese Erde zu bewahren
vor den menschlichen Gefahren

vor Gewinnlern Diktatoren
Helden Kriechern und Zensoren
weck in uns die toten Triebe
Bruderschaft und Nächstenliebe

Ilse Kibgis
Umkehr

ich möchte
für den
Frieden auf Erden
unfriedlich werden

den Krippenkindern
der Welt
ein Bett geben

und mit Geschäften
keine Geschäfte mehr
machen

ich möchte
daß die Liebe
in mir
Mensch wird

geboren in irgendeiner
heiligen Nacht
und aufwächst
ohne gekreuzigt
zu werden

Alfred Miersch

Der Automat

TOLLE SPIELE AG

Die Programmierung lautet: «Wie heißt Du?», «Was hast Du Dir
gewünscht?», «Warst Du auch schön brav?» und «Fröhliche Weihnachten!» Bei den Worten «Fröhliche Weihnachten!» bewegt sich
der rechte Arm des Automaten nach vorn, das Kind drückt dessen
Hand, die Klappe öffnet sich, und ein Überraschungspaket rutscht
heraus. Die Montage übernimmt die HOLY CORP. Hongkong.
Dr. Sachow, Mainz

TOLLE SPIELE AG

Das Programm wurde erweitert. Der Name des Kindes wird auto-
matisch in folgenden Satz eingefügt: «In meinem Goldenen Buch
steht, daß ... (Sabine, Ulrike, Peter etc.) stets freundlich zu den
Eltern gewesen ist und die Hausaufgaben immer sorgfältig erledigt
hat. Brav ... (Sabine, Ulrike, Peter etc.), nur beim Abtrocknen solltest Du ab und zu helfen.»
Dr. Sachow, Mainz

HOLY CORP.

Techniker nach der Erprobung in der Kältekammer leider schwer
erkältet, so daß Tests zurückgestellt werden müssen. Aber kein Problem. Mit Bedauern grüßt
D. Traker, Hongkong

TOLLE SPIELE AG

Ein weiterer Spielautomat wird entwickelt. Inhalt des Spiels ist die
jährliche Jagd nach Jungrobben, wobei die Spielhandlung derart ist,
daß Tier- als auch Pelzfreunde den Automaten benutzen werden.
Die Jagd wird durch Dokumentarfilme geschildert, wobei die Spie-
ler durch Knopfdruck den Verlauf beeinflussen können. Das Filmmaterial wird von einem Spitzenregisseur gedreht werden.
Dr. Sachow, Mainz

HOLY CORP.

Peter Lee (1. Techniker) erlitt Kinnladenverrenkung, als der rechte
Arm des Automaten bei den Worten «Warst Du auch schön brav?»
nach vorne zuckte. Die Klappe öffnete sich, und neunzehn Pakete

mit Nachbildungen deutscher Schützenpanzer aus dem 2. Weltkrieg (5 DM-Preisstufe) stürzten auf Tschiangs (2. Techniker) Füße. Schwere Quetschungen. Wahrscheinlich verträgt der Automat starke Temperaturschwankungen nicht. Aber kein Problem. Untröstlich grüßt
D. Traker, Hongkong

TOLLE SPIELE AG
Als Leiter des Filmteams konnte der Regisseur Herzog gewonnen werden, der für seinen Hang zur Authentizität bekannt ist. Die Expedition bricht in wenigen Stunden in die Jagdgebiete auf.
Dr. Sachow, Mainz

TOLLE SPIELE AG
Herzog kehrte blutbeschmiert aber erfolgreich zurück. Mit diesem Filmmaterial wird «Die Robbenschlacht» die Spielesammlung konventioneller Art vom Tisch fegen und eine neue Ära einleiten.
Dr. Sachow, Mainz

HOLY CORP.
Automat sagt verstümmelte Sätze wie «In meinem Goldenen Buch steht abtrocknen» oder «Fröhliche Eltern». Wahrscheinlich feuchtigkeitsempfindlich. Aber kein Problem. Für die Herstellung der «Robbenschlacht» wurden ein Ingenieur und neun Monteurinnen eingestellt. Freundliche Grüße
D. Traker, Hongkong

HOLY CORP.
Fehler in der Koordination. Senden Sie bitte neue Kopien des «Robbenschlacht»-Films. Ingenieur wurde entlassen. Aber kein Problem. Techniker entwickeln Bremsvorrichtung für Automaten, da Pakete mit überhöhter Geschwindigkeit herausschießen. Zuversichtlich grüßt
D. Traker, Hongkong

TOLLE SPIELE AG
Seit vierzehn Tagen ist die Verbindung nach Hongkong abgerissen. Telegramme werden nicht beantwortet, am Telefon wiederholt eine Stimme immer wieder «Ich verbinde, ich verbinde», ohne daß ein Gespräch zustande kommt. Sind Sie von der Zuverlässigkeit der HOLY CORP. überzeugt?
Dr. Sachow, Mainz

TOLLE SPIELE AG
Seit drei Wochen keine Meldungen aus Hongkong. Ich schlage vor, einen Beobachter nach Hongkong zu entsenden.
Dr. Sachow, Mainz

TOLLE SPIELE AG
Was heißt das, der Beobachter sei in Goa verschwunden? Wo bleibt der Schutz, wenn sogar Hippies durch unser Kontrollnetz schlüpfen? Irgend jemand muß nach Hongkong!
Dr. Sachow, Mainz

HOLY CORP.
Rechenzentrum wurde von Weihnachtspaket getroffen, deshalb Vermittlungsschwierigkeiten. Schaden ist behoben. Dauertest des Automaten war ein grandioser Erfolg. Nur die Bremse funktioniert noch nicht richtig. Aber kein Problem. «Robbenschlacht» läuft programmgemäß über die Montagebänder. Freundliche Grüße
D. Traker, Hongkong

TOLLE SPIELE AG
Die HOLY CORP.-Verbindung besteht wieder. Bei Telefongesprächen ist im Hintergrund jedoch schießplatzähnlicher Lärm zu vernehmen. Die grellen Schreie, die teilweise jede Verständigung unmöglich machen, beunruhigen mich. Ich habe einen Flug nach Hongkong gebucht, um nach dem Rechten zu sehen.
Dr. Sachow, Mainz

HOLY CORP.
«Robbenschlacht»-Montage geht planmäßig voran. Dr. Sachow leider im Krankenhaus, da in ein Paket gelaufen. Letzte Tests des Automaten eingeleitet. Ist in ausgezeichneter Verfassung, jedoch nicht mehr abzustellen. Aber kein Problem. «Was hast Du Dir gewünscht?»
D. Traker, Hongkong

HOLY CORP.
«Robbenschlacht»-Montagehalle leider zerstört. Doch kein Problem. Monteurinnen nur leicht verletzt. Fröhliche Weihnachten. Automat in hervorragendem Zustand. Immer schön brav. Erster Techniker kommt gleich, muß noch abtrocknen. Keine Pakete mehr da.
D. Traker, Hongkong

Alle Kinder nach Hause geschickt. Bitte fünf Mark. Automat ist
sehr freundlich. Nicht viel Zeit. Muß noch Hausaufgaben machen.
Läßt meine Hand nicht los. Aber kein Problem. Fröhliche Weihnachten. Fröhliche Weihnachten. Fröhlich Wei . . .

Ludwig Fels

Krippenbrand

Einer meiner standhaftesten Wünsche: kein Weihnachten mehr erleben zu müssen, nicht einmal das nächste. Infolge der zunehmenden
Eiszeit verfinstert immer weniger Tannengrün unsre strahlenden
Augen. In den Palmen singt der Wind. Ich führe Schwimmbewe-
gungen aus, hauche auf meine klammen Fäustlinge ein.
    Der Kalender ist ein Kopiergerät.
    Zuoberst auf meinem Wunschzettel, der ganzjährig gilt, steht: 1
Eisbrecherchen, bitte! An zweiter Stelle: Stolpervorrichtungen für
gewisse Herzschrittmacher! Wunsch Nummer drei: Einen Weltatlas
ohne Nordamerika, in dem auch der Staat Germany fehlt! Und andere Geheimnisse! Ich bin nämlich mit der Entstehung einer Weihnachtsgeschichte beschäftigt; sie handelt davon, daß in der Nach-
barschaft hinlänglich bekannter Kuppeln weidende Schafe plötzlich
fast wie über Nacht zu glücklichen Kühen umgewandelt daherkom-
men. Es wird Ernst. Der Hirte ist aus seiner Haut herausgeeitert; sie
warf zu saftige Blasen.
    Ein Schneemann mit Stahlhelm steht draußen im Eis
    mit Augen härter als Kohle und weiß.
    Er steht vor der Tür, zielt uns ins Gesicht
    wir panzern unsre Fensterläden von innen dumm mit Kerzen-
    licht.
    Das Fest der Besinnungslosen. Jetzt hat auch der Letzte den
Arsch voll Stroh und fickt im Kopf Esel und Kuh neben der Krippe
und wünscht sich einen Melkeimer voll Samen dem Weib beschert.
Die Säue und die Gänse: Armer Dreck. Und Schnee wünscht sich
ein jeder, und eine mild und gnädig ausfallende Heizkostenabrech-
nung. Und keinen Krieg. Der hat ja Platz im neuen Jahr. Friede auf
Erden. In Käfig und Stall. Und im Forschungslabor, wo das Experiment probiert wird, das Christkind mit dem Weihnachtsmann zu

kreuzen, damit es, genetisch manipuliert und chronosomatisch re-
gulierbar, bei Bedarf zeitersparnishalber die Haltung eines gekreu-
zigten Osterhasen annehmen kann.

Bücher schenkt man sich auch noch; leider passen sie halt immer
so schlecht in die Mickymausbibliothek.

Schönes Stilleben: am Adventskranz
hängen winzigkleine Gehenkte, die Flügel
wachsverklebt. Ihre Locken sind
um Harfensaiten aus Lametta gewickelt.

Augen, Münder: himmelleer, nur
die Gewänder flackern wie züngelndes Gold
und blättern ab
von ihren gasgeblähten Leibern.

Wer hat die Behinderung, ein Mensch zu sein, noch nie an sich
selbst verspürt, die Behinderung, zu kaufen, zu zahlen, unablässig
all das zu tun, wofür man keine Freude mehr verbraucht, kein
Glücksgeschrei erwartet. Über die abgesägten, umgehauenen Tänn-
chen und Fichten hinweg, möchte ich mein Bedürfnis nach Christ-
baumkugeln in Granatenform bekanntgeben, Vorstellungen mel-
den, in denen drei Könige und ein Troß Kamele Munitionsdepots
bewachen. Alle haben Angst vorm Dritten Weltkrieg! Warum nicht
gleich vorm Vierten? Und trotzdem, trotz alledem verschärft sich
die Zumutbarkeitsregelung für Alleinsterbende ...

Das Fest der Liebe, der Rest der Liebe: dafür haßt und leidet man,
daß jede Rührseligkeit verbraten wird, und kommt klein raus dabei
und gibt groß auf.

Singt ums Leben, singt euch hoch, singt von roten Steinen
los, hört nicht auf zu weinen!
Schärft euer Lachen und befreit die Träume
vermehrt die Sehnsucht, spuckt in alle Schäume!
Füllt die Gräber, singt und schreit euch frei
bei diesem Leben ist das Sterben einerlei!

Der Schnee, wenn überhaupt noch einer fällt, schmeckt sauer, ein
bißchen nach scharfem Essig.

Die meisten Ängste sind abgegriffen, darüber bin ich mir im kla-
ren, allein mit Wörtern kommt keiner durch die Tiefen der Angst,
gerät niemand aus dem mühselig erworbenen Häuschen, um dann
vor der Haustür Soldatenkreuze, Patronenhülsen wegzuschippen –
dem Nachbarn in den Kleiderschrank. Feiert das Fest und fallt
über die Geschäfte her! Legt Fettspuren, legt Weltreisen zurück:
dem süßlichen Ausdruck der Heuchelei entgeht ihr nicht! Lügt

Andacht und Ehrfurcht in die Gesichter der Kinder: ihre Blicke lassen sich nicht lebenslänglich alljährlich wiederholen! Ich gratuliere zur perfekten Trivialität. Die Inflation frißt keine Hypotheken. Und am Ende aller Auf- und Nachrüstung pumpt ein Atomschlag das Innere der Erde durch die Ozeane, unvorstellbar lautlos. Mir wird das Wissen, daß nichts übrigbleibt, aufrührerisch zum Trost.

Kauend wird gefickt, bis die Eier auf Ostern stehn. Die Gans und der Korn und das Bett. Und dann? Was gehts mich an, ich fühl mich tot. Der Stern, ihr kennt ihn, kriegt ein mörderisches Tempo drauf; wo er hinstürzt, einschlägt, wächst ein Pilz.

Nun, packt die Geschenke aus, Geigerzähler, Einmannbunker, ein kleines Zirkuszelt aus Aluminiumfolie für die Haustiere.

Es ist so still im Land
die Nacht ist ein zerpreßter Schrei
die Glocken schmelzen leis
im schwarzen Staub der Lieder.

Christian Mayer

Die Ordnung der Dinge

Was der Sohn früher schon gesagt hat:
- Ich fahre bei mir nur mit. (Zur Mutter, auf mütterliche Vorwürfe von wirren Gedanken. Mutter meinte wohl nicht genau genug hingehört zu haben. Wiederholte noch einmal spöttisch-fragend die letzten Worte des Sohnes: «... fahre bei mir nur mit?»)
- Der Himmel ist eine große, schimmlige Rauhfasertapete. (Zur Mutter. Mutter antwortet stets mit zornigem Blick auf derartige Feststellungen. Die Mutteraugen verbieten alle Sätze, die nicht heißen: Der Himmel ist grau oder blau.)
- Ich sehe den Abdruck deines Geschlechts im Hosenbein. (Zum Vater. Zu einer Zeit, da Vater noch zuschlug im Glauben, der Sohn sei gesund.)
- Nachts liegen Dreiecke um mein Bett. (Selbstgespräch)
- Wenn es passiert, dann an einem Sonntag.
Was der Sohn früher schon getan hat:
- Auf dem Weg zum Bus in die Stadt plötzlich zu laufen angefangen und das Hemd naßgeschwitzt. Immer rechts und links geschaut.

Er hielt die großen, braunen Flecken auf der gedüngten Wiese für die Schatten riesiger Wolken.

Was der Sohn schon geschrieben hat. Er schreibt die Dinge erst seit kurzem auf. In ein blaues Schulheft. Auf dem Inhaltsetikett: «Die Ordnung der Dinge nach der Selbstverbrennung des Christkinds.» Es ist nämlich hügelig-schroffe Vorweihnachtszeit. Und der Sohn sitzt häufig vor dem Fenster in seinem Zimmer und wischt die gegenüberliegende Häuserfassade aus dem angelaufenen Fenster frei.

«Es ist die Zeit, da die Nachbarn wieder Strohsterne an die Fenster hängen. Da man die Füße in Wollstrümpfen auf dem Tisch liegen hat, und bei Musik von Leonard Cohen die Strohsterne der Nachbarn gegenüber bewundert. Vitamine gegen Erkältungskrankheiten und durchschweigte Nächte. Meine heiße Wange liegt auf der kühlen Schreibtischunterlage: Jetzt schauen manchmal Kinder aus den gegenüberliegenden Fenstern. In der Ferne schwankt grau der Fernsehturm. Die Kinder in den gegenüberliegenden Fenstern wissen nichts vom Wahnsinn. Sie glauben noch an das Vaterunser und an die Macht von Weihnachtsmännern: Nikolaus, Mythos, Lebkuchenfigur, halb Name, halb Mensch, kennt sich selbst nicht, da er immer für andere da ist. Leicht vorzustellen, wenn andere von ihm sprechen. Ernährt sich von Haselnüssen und Mandarinen, die er in der Milchstraße gefunden hat. Wird gefeiert und umringt, wenn er nicht gerade vergessen ist oder in Warenhäusern Schnellkochtöpfe anpreist. Oder Weihnachtsgebäck, das zur einen Hälfte aus Schokolade, zur anderen aus Himmel gebacken ist. Der Weihnachtsmann legt den Kindern Weltentwürfe unters Kopfkissen und vergoldete Citrusfrüchte vors Fenster. Zwischen dem Glauben der Kinder und dem meinigen liegt nur die verschneite Straße. Der Weihnachtsmann legt den Kindern Weltentwürfe unters Kopfkissen.»

Einmal, Sohn beim Aufwachen:

Noch in der Dämmerung, bevor die Milchglasscheibe des Winterhimmels stufenlos erleuchtet wird, hört er das kältesteife Geklapper einer Brieftaube auf seinem Fensterbrett. Ihre Federn sind lackiert vom Eis der gefrorenen Morgenluft. In dem eisverkrusteten Messingröhrchen an ihrem Fuß steckt etwas Zettelhaftes. Der Sohn liest den Zettel. Früher einmal war der Vater ins Zimmer gekommen, nachdem er ohne Anzuklopfen die Tür geräuschvoll aufgerissen hatte. Er hatte dem Sohn verboten, Selbstgespräche zu führen. Wo denn das noch hinführe. Auch damals war der Sohn gerade damit beschäftigt, Brieftaubenmeldungen laut sprechend zu entziffern. Brieftauben sind unsichtbar für Väter. Diesmal liest er ungestört die Ratschläge vom Papier, liest er ungestört die Gebrauchsanleitung für den heutigen Tag, die an dem Taubenfuß gehangen war:

«Stelle dir vor, du würdest früher als alle anderen erwachen. Und den Tag dabei überraschen, wenn sich dieser, noch beschämt über seine Ungepflegtheit, hinter dem Geruch von gestrigem Zigarettenrauch vernehmen läßt. Vor die Entscheidung gestellt, die verheißungsvolle Blase des neuen Tages anzustechen oder ihr den Rücken zu kehren: Wähle die unmögliche Alternative! Stelle dir vor, du hättest die Anfänge von Geschichten, die du in stiller Verzweiflung begonnen hast, gesammelt, ohne sie je beendet zu haben. Du hättest für jeden Tag eine Geschichte in deinem Buch. Suche dir jetzt die Geschichte des heutigen Tages, des 20. Dezember, heraus und spiele sie gutgelaunt zu Ende.

Es ist immer noch Morgen.

Du hast dich noch nicht bewegt.

Du schläfst noch.

Du bist eben erwacht.

Deine Morgenidylle läßt sich in Stichworten wiedergeben. Öffne in deiner Unbefangenheit das Fenster, wünsche dir Sonne, wenig Gedanken, Panflötenmusik, viele Feinde und viel Kraft, ihnen zu widerstehen. Ein schönes Arrangement für dein Tagebuch.»

Der Sohn war aufgestanden. Hatte das Fenster geöffnet und sich zuletzt im Spiegel betrachtet. Wären nicht die Brieftauben, dachte er, hätte ich längst etwas Unüberlegtes getan. Oder die Dinge auf der Straße wären aus ihrer Ordnung gesprungen. Die Dinge auf der Straße sieht er durch das geöffnete Fenster: viele Leute an diesen langen Samstagen. Tragen ihre vorjährigen Weihnachtsgeschenkmäntel (schon mal abgenutzt an den Ellbogen) und halten grüngestreifte Hertietüten in den Handschuhhänden. Einzelne opferten ihre Nüchternheit einem Glas Weihnachtspunsch. Kinder nach der Schule verstecken sich hinter Parkautos, um den Schneeball im rechten Moment auf die andere Seite zu schleudern. Die Passanten gehen schneller, ärgerlichen Blicks, um nicht irrtümlicherweise getroffen zu werden. In den Cafés tropft es naß von den Wintermänteln und Rollstühlen. Ausgefallene Ampeln werden durch Schutzmänner ersetzt, die der ärmeligen Symbolsprache mächtig sind. Von weiter weg hört man die Marktschreier. Man kann sie sich vorstellen, wie sie mit nassen Schuhen und kältesteifen Händen Mohrrüben und Zuccini auf ihren Patentraspeln zerkleinern, der ewigen Anpreisung nicht müde werdend.

Beruhigt kann der Sohn den Kopf ins Kopfkissen zurückfallen lassen, das Gemüseraspeln den Marktschreiern überlassen, das Ampelblinken den Schutzmännern, den Schneeballkrieg den Schulschwänzern. Denn dies ist die funktionierende Vorweihnachtsordnung. Die Ordnung der Dinge vor jenem Sonntag, der alles durcheinanderrüttelte und die Hypothese des Christkinds vollends unglaubwürdig machte.

Schon wird der Sohn unruhig, so allein in seinem Zimmer, hält Ausschau nach neuen Anweisungen. Aber gegen Mittag kann er keine neuen finden. Die meisten liegen vergraben im Nachmittag. Später bringen sie ihm Brieftauben ans Fenster:

«Stelle dir vor, daß man dich für einen großen Auftrag ausgewählt hat. Man würde dir zu gegebener Zeit ein Zeichen zukommen lassen. Du dürftest dann nicht mehr zögern. Frage dich, welches Zeichen es sein könnte und wie du es vom Zufall unterscheiden kannst. Mögliche Zeichen sind: Ein Rauschen im Telefon, ein Klingelzeichen, Küsse sind die Zeichen von Verrätern, ein Regenbogen, ein zufälliges Anrempeln im Gedränge einer U-Bahnstation, eine Stunde ohne Depressionen, doch dies wäre bereits zu auffällig. Der Nachmittag ist die vergebliche Suche nach Zeichen, die dem Zufall entkommen sind.

Alles ist einfach.

Nichts ist unlösbar.

Welt ist kinderleicht.

Färbe dir deine Haare, wechsle deine Kleider, verstelle deine Stimme, konzentriere dich und spiele einen Nachmittag. Mit endlosen Monologen, fiktiven Telefongesprächen, Filmküssen, Stühlen, die nur deshalb zerbrechen, da man sie zuvor angesägt hat, Frauen, die nur deshalb verliebt sind, da es in ihrem Rollenblatt geschrieben steht. Wolken- und Schneekulissen, einem angenehmen Odol-Geschmack auf der Zunge, abermals erfundenen Telefongesprächen, darunter auch ein wirkliches, einem Dankefürdenanruf.

Welt ist kinderleicht.

Gedanken lassen sich alphabetisch ordnen.

Mögliche Bewegungen vom Rollenblatt ablesen.

Ein Tisch ist ein Tisch. Der Metzgermeister in der Straße ist ein netter Mann. Die Endlösung der Judenfrage ist eine große Lüge.

Die Reihenfolge der Tage läßt sich vom Kalender ablesen. Jeder einzige hat vierundzwanzig Stunden.»

Tage später, Sonntag:
Das Gesicht der Mutter ist sonntags halbseitig gelähmt. Das rechte Augenlid hängt schlaff über den Glaskörper. Ebenso unausgeglichen ist die Balance der Mundwinkel. Aus dem gelähmten Auge fließt beinahe eine Träne auf die Tischdecke, das andere lächelt dem Vater zu. Der Vater hat die Angewohnheit, die Kondensmilch mit dem Löffel zu schlürfen. Er ist unrasiert und schwitzt noch vom morgendlichen Waldlauf. Der Bademantel ist zur Hälfte geöffnet und spart eine haarige Männerbrust aus. Das Auge der zwischen Sohn und Vater sitzenden Mutter tränt auf der Seite des Sohnes. Mit einem Lächeln erinnert sie den Vater an das Nachterlebnis. So vergehen beinahe Tage mit Kaffeeschlürfen und stillen Blickwechseln. Beim Anstarren der drei Adventskerzen auf dem Tisch vergehen die Tage, bis schließlich der Körper der Mutter aufsteht, Geschirr abräumt. Irgendwann schließt der Sohn die Vorhänge, drückt auf den roten Knopf des Fernsehers und wartet so lange, bis der Summton immer lauter wird und in kontinuierliches Sprechen einer Frauenstimme übergeht. Es ist die Stimme einer schwarz-weißen Konzentrationslageraufseherin. Nach dem Krieg hat sie einen ehemaligen Häftling wiedergetroffen. Man bekommt Rückblenden zu sehen: Durch den Schlamm wird ein halbnackter Häftling schwarz-weiß in seine Zelle geprügelt. Im Hintergrund duscht sich der Vater frei von den Liebesmalen der Mutter. (Duschgeräusche) Einmal laufen nackte jüdische Häftlinge im Scheinwerferkegel durch die Filmnacht. Man sieht die Aufseherin (ihr Fotomodellgesicht in Großaufnahme), wie sie mit spitzem Zeigefinger auf diesen und jenen deutet. Der daraufhin mit einem Spazierstock am Hals aus der laufenden Menge gerissen wird.
Der Mittag: Der Sonntagmittag ist eine weite, eiswindumspülte Hochebene. Die Familie sitzt vor Suppentellern. Der Vater versucht, mit seinen Blicken den Sohn in den Bauch zu schlagen. Die Mutter sagt, daß der Spaziergang am Morgen herrlich gewesen sei. Sie kann weinen und die Dinge dabei herrlich finden. Jemand fragt nach dem Salzstreuer. Luftflimmer. Ob wohl die Aufseherin noch mächtig und blond über dem Lager thront, mit Fingerspitzen tötet und sich Lippen nachschminkt?
Die Mutter sieht dem Sohn in die Augen. Sie und Vater würden sich nun ein wenig hinlegen. Draußen scheint die Sonne. Mit seiner

warmen Hand wischt sich der Sohn die Sicht auf das Haus gegenüber frei, aus dem Kondenswasser der Fensterscheibe. Vor ihm der Nachmittag: Er ist ein lodengrüner Grashügel, unten dunkelt es schon. Unten steht die Aufseherin. Es kommen keine Tauben mehr, vergessen hat er ihre letzten Meldungen. Die ihm sagten, wie er sich am besten verhalten solle, um in der Sicherheitsweste der Gedankenlosigkeit den Tag unbeschadet und ohne größere Verletzungen zu überstehen. Unten steht die Aufseherin aus dem Vormittagsprogramm. Schwarz-weiß, doch immer mehr schwarz. Das Haus gegenüber steht schon im Dämmerlicht. Jetzt stehen die Fenster weit offen. Der Wind hat die Scheiben eingedrückt und die Strohsterne zu Boden fallen lassen. Keine Kindergesichter mehr, sondern Schneeregen, der Teppich und Gardinen aufquellen läßt. Ungehindert bläst der Wind herein. Der Grenzenzerstörer.

Die Brieftaubenzettel ersetzen eine gutgefüllte Kanne beruhigenden Tees und die Weltentwürfe der Weihnachtsmänner. Sie helfen dem Sohn bei seinen täglichen Ordnungsarbeiten. Im blauen Buch des Sohns stehen die Dinge in einer Reihenfolge, haben Bedeutungen, die man miteinander vergleichen kann. Die Störfälle auf den Straßen erscheinen nicht in seinem Buch und den Brieftaubenmeldungen. Und wenn, dann nur verklärt wie hinter dem Weichzeichner einer Hamiltonlinse.

So steht nirgends etwas zu lesen über den toten Penner, den sie gestern weggetragen haben. Tot ist er schon seit Tagen gewesen, angelehnt an die Auslagenscheibe des Kaufhofs. Da am Eingang, wo immer die warme Luft herausbläst. Nur weil ein anderer Penner die erloschene Zigarette aus seinem Mundwinkel stehlen wollte, haben sie es gemerkt. Weil nämlich der Filter voll Blut gewesen ist. Sein besoffener Aufschrei und das Umkippen des anderen haben ein Panikloch in die einkaufstütenbewaffneten Supermarktmenschen gerissen. Manchmal explodieren solche kleinen Bomben in der lamettaseligen Vorweihnachtszeit. Manche verrauchen auch nur ruhig an einem unbekannten Ort. Wenn beispielsweise einsame, alte Menschen unbemerkt in ihren Wohnungen sterben, in der Küche oder auf der Toilette. Irgendwann dann werden vom Leichengeruch oder dem Blut unter der Eingangstüre die Nachbarn alarmiert.

Aber der Sohn wird noch verschont von solchen Meldungen. Und wenn die Tauben einmal nicht mehr kommen?

Einmal hat der Sohn gesagt: Wenn es passiert, dann an einem Sonntag.

Legt man ein Metermaß daran, so ist der Sonntagvormittag lang wie ein Halbjahr. Am Frühstückstisch saßen die Körper der Mutter und des Vaters, vor Jahren. Der letzte Bucheintrag des Sohnes stammt vom Abend. Am Sonntagabend macht der Sohn seinen letzten Anlauf gegen die Unordnung:

«An einem Sonntag schuf Gott die Welt. Auf den Feldern schauten abgesägte Bäume aus dem Schnee: wie Bartstoppeln der Erde unter dem Rasierschaum der allerersten Schneeflocken. Darunter begraben liegen die weggeworfenen Cellophantüten und Butterbrotpapiere vorweltlicher Göttergestalten. Doch noch sind die heißen Wangen nicht geboren, die den gleichförmigen Schnee schmelzen lassen könnten. Salz müßte man streuen, um zu erkennen, was unter der weißen Decke liegt. Doch noch gibt es nicht diesen rosarot knisternden Schneetod, der den Blick auf das Darunterliegende ermöglichen würde.

Am Sonntag der Schöpfung herrschen noch Schneemänner auf Feldern und noch nicht gebauten Schulhöfen. (Erst im darauffolgenden Sommer werden ihnen die Eisverkäufer das Zepter der Weltherrschaft aus der Hand nehmen.) Schneemänner: haben orange Karottennasen und Kohleaugen. Ausdruckslos starren sie auf die ersten Menschen in ihren Lodenmänteln und duffle coats. Manchmal auch argwöhnisch, mißtrauisch. Man weiß nie, was sie gerade denken. Von Zeit zu Zeit lassen sie sich von Kinderhänden selbstgefällig manikuren. Mit den Schneeflocken sind auch die ersten Tiere auf die Erde gefallen. Außer den Schneemännern und ihren menschlichen Untertanen gibt es nur das Gasgewirr der Uratmosphäre, die Stimmbänder von schwarzen Bluessängern und die penicillinresistenten Einzeller in den Pupillen der Menschen. Am Schöpfungssonntag war es, als der Weihnachtsmann den Kindern Weltentwürfe unters Kopfkissen legte.

Irgendwann werfen die ersten Atombombenversuche ihre Flutwellen gegen das antike Atlantis und begründen den Untergang einer Zivilisation. Auch schmelzen die ersten Bombenversuche die Schneedecke zu Schmelzwasser. Dinge werden schwieriger, und die Menschen bekommen große Staunaugen, als das Darunterliegende sichtbar wird. Man entdeckt auf festgefrorenem Winterboden die ersten Gedichte, leicht beschädigt vom Frost und der Uratmosphäre. Man entdeckt versteinerte Augenmurmeln unter einer Schneewächte. Man entdeckt steinerne Mauern vormaliger Konzentrationslager, voll von Augenmurmeln. Aufseherinnen steigen aus den Trümmern in die Gedanken der Menschen.

Prügeln Häftlinge durch den Schlamm der Gedanken. Es ist die Zeit, da man auch das Rauschen in den eigenen Köpfen bemerkt, gleich einem ungenau eingestellten Radioempfänger.

Ungewiß ist der Zeitpunkt des Sauriersterbens, wann Edison die Glühlampe entdeckte. Wann Sintflut? Wann bekam ich meine ersten Milchzähne, und wann legten sich die Eltern schlafen? Und wann erschienen die ersten komplizierten Mehrzeller auf dieser Welt? Wann fingen die Dinge an, aus ihrer Ordnung zu treten und mein Gehirn krank zu machen, und wo sind die Verantwortlichen?

Verantwortlich für die Dürreperioden sind seit jeher die Eisverkäufer, im Winter nehmen die Schneemänner den Kälteeinbruch auf ihre Kappe. Verantwortlich für die Schlachtung von Menschen ist der Metzger im Haus an der Ecke, an sich ein bieder dreinblickender Mann von mittlerem Alter. Ich weiß nicht, wer für den Dschungel in meinem Kopf die Verantwortung trägt.»
Nacht.

Kai Ehlers

silvestertraum

nachts
die feiern
auf mehreren programmen

ätzend

dann träume vom krieg

kein atomnirwana
wie früher als ich jung war
kein graben und stellungskrieg
wie in der stickigen verdun-literatur
kein bombardement der städte
wie bei re-marque
keine massenfluchtgreuel
wie in den erzählungen
meiner mutter

dies alles nicht
aber töten
und getötet werden
wortlos
mann um mann
und die frauen
geschlechtslos

oh! diese trauer
wenn sie fallen
weich und

ätzend

gerade die liebsten
gerade die besten
gerade die
gerade
da
da
da

ich fühle
fühle mein fleisch
überall
liegt es
offen herum

ich allein
übriggeblieben
verzweifelt vor scham

so erwache ich im neuen jahr

Norbert Ney

Augenzeugenbericht

An diesem Morgen sah man
einen eigenartig gekleideten
älteren Herrn, weißbärtig und
mit roter Kapuze und einem Button
«Rettet die Menschheit».
Er ging durch die Straßen
stellte überall ERLAUBT-Schilder
auf und erklärte einen
Süßwarenladen für verstaatlicht,
mitten im Bezirk der Ausländer-
und Arbeitslosenkinder.
Als die eilig herbeigerufene
Polizei den Spinner verhaften
wollte, sah sie sich einer
Hundertschaft von eigenartig
gekleideten, älteren Herren,
weißbärtig und mit roter Kapuze
gegenüber, die mit den Kindern
Lieder sangen und Barrikaden
gegen die Eltern errichteten.
«Eltern- und Atomwaffenfreie
Zone», stand auf einem Schild,
das die Grenze markierte.
Als die Polizei Wasserwerfer und
CS-Gas-Pistolen entsicherten,
geschah etwas Unerwartetes:
Einer der älteren, weißbärtigen
Männer in der eigenartigen Kleidung
zog eine Flöte hervor, begann
eine Melodie zu spielen
die noch keiner gehört hatte.
Die Kinder scharten sich um ihn,
folgten ihm die Straße hinunter
und alle verschwanden spurlos
irgendwo zwischen den Hochhäusern ...

Roswitha Fröhlich

Weihnachtsbiografie, essensmäßig

1924: Lutscher (bunt)
1934: Nürnberger Lebkuchen (braun)
1944: Bohnensuppe (dünn)
1954: Truthahnschlegel (amerikanische Art)
1964: Gänsebraten satt
1974: Kleiner Salatteller (120 Kal.)
1984: ???

Zu Weihnachten fällt mir nichts ein

Hans Traxler

Wolfgang Sieg
Der neue Mythos

«Sehen Sie das Weihnachtsfest doch mal als Herausforderung, meine Herren», hauchte der Chefredakteur und legte seine zehn Fingerspitzen auf die Palisander-Tischplatte.

«Herausforderung», maulte Kulturmann Wamsler, «Sie wollen doch nur 'ne neue Mode, Chef, und wir sind die Couturiers ...»

«Sie mit Ihrer Sensibilität haben bisher doch noch jeden Trend herausgespürt», lächelte der Chef und betrachtete seine Fingernägel, in denen sich der Schein der echten Honigkerzen des Adventskranzes widerspiegelte.

Wamsler nickte:

«Ja, ich erinnere mich noch an die Schlaraffenland-Weihnacht nach dem Krieg, wo die Leute in Geschenken erstickten. Wo sie sich unter dem Lichterbaum zu Tode fraßen und soffen. Dann kam ja der Ästhetik-Trend, da knabberten die Leute an Delikatessen herum und schenkten sich Platin-Schmuck; es folgte die Protest-Weihnacht, die man gemeinsam mit Randständigen in Kotz-Kneipen und Penner-Kneipen verlebte. Das wurde abgelöst von der Anti-Weihnacht, da reiste man nach Ceylon oder feierte am 24. 12. das Osterfest; zuletzt war die mythische Weihnacht dran, da tauchte man in die Schlichtheit der Weihnachtsgeschichte hinab: jedermann stylte sein Wohnzimmer in den Stall von Bethlehem um, mit echten Leih-Eseln und original palästinensischen Hirten ... Aber was soll ich heute kreieren: ‹Tanz-auf-dem-Vulkan-Weihnachten›? Oder einen Schritt weiter, die ‹Nofuturepunkapokalypse-Weihnacht›? Oder mal ganz sanft, die ‹biologisch-dynamische Weihnacht›, wo die Hl. Familie, die Könige, die Hirten und das Vieh gemeinsam naturbelassene Cornflakes aus der Krippe mampfen?»

«Haben wir einen Dialog oder eine Redaktions-Konferenz?» schnaubte der Chef von Soziales, Knabbe, und kratzte sich den Hals, der ihm immer rot anlief, sobald er sich aufregte. Der Chefredakteur hob seine zehn leicht zitternden Fingerspitzen von der Tischplatte und flüsterte:

«Bitte ...»

«Also gut», räusperte sich Knabbe, «Weihnachten bei Häftlingen hatten wir, Weihnachten im Fixer-Milieu ebenfalls. ‹Wie feiert man das Christfest bei Sicherheitsverwahrten?› können wir auch abhaken, ‹bei Gastarbeitern› auch, ‹bei psychisch Kranken›; im Frauenhaus haben wir vorletztes Jahr unsere große Reportage gemacht, letztes Jahr sind wir dann mit dem ‹Evangelium im Hochsicherheitstrakt› rausgekommen, für dieses Jahr kann ich Ihnen anbieten: ‹Weihnachten in der Sterbeklinik›, das wäre dann auch von tiefer Symbolik: Tod einerseits und neues Leben und Hoffnung andererseits berühren sich...»

«Trivial! Klischeehaft!» unterbrach Kultur-Wamsler, «außerdem pfuschen Sie mit diesem Aspekt in meinem Ressort herum!»

«Bitte», fuhr nun der Sportchef Recksky auf und hieb kurz und heftig mit der rechten Handkante auf die Tischplatte, «ich verstehe Sie ja, liebe Kollegen, Sie können nicht anders; aber ich sehe nicht ein, daß Weihnachten nur immer das Kaputte herausgestellt werden soll. Dabei bietet sich dies Fest wie kein anderes an, positive Werte zu unterstreichen. Warum machen wir nicht die Serie ‹Wie unsere Großen feiern ...› und interviewen dann unsere Fußball-National-Elf?»

«Die können doch gar nicht sprechen!» schrie Soziales-Knabbe.

«Allerhöchstens ihre Sprüche, die ihnen die Werbefirmen eingetrichtert haben!» kreischte Kultur-Wamsler.

«Wenn es gegen den Sport geht, verbünden sich immer ‹Kultur› und ‹Soziales›», protestierte Recksky, «das ist unfair.»

«Das mit dem Positiven finde ich nicht schlecht.» Politik-Redakteur Bammelmann löste sich aus seiner verkrampften Haltung; sein kleiner Kopf, der mit flaumigen blonden Haaren bedeckt war, zitterte:

«Man könnte doch einmal darüber berichten, wie unsere politischen ... äh ... Führer ... äh ... feiern. Der Ausgewogenheit wegen lassen wir die ... äh ... führenden ... Persönlichkeiten aller im Bundestag vertretenen Parteien zu Wort kommen ...»

Der Chefredakteur schloß die Augen und schüttelte kaum merklich den Kopf: «Nichts für ungut, lieber Kollege, aber das wäre unsinnig, denn die Politiker lassen durch Meinungsforschungsinstitute herausfiltern, wie der größte Teil der Bevölkerung feiert. Und so feiern sie dann auch. Aber wir wollen doch neue Akzente setzen, nicht wahr?»

«Ach so», stammelte Bammelmann und sank wieder in sich zusammen.

«Auf jeden Fall muß der soziale Aspekt rein!» rief Soziales-Knabbe.

«Und wenn», ereiferte sich Herr Wamsler von Kultur, «und wenn man den Neuen Nationalismus bedächte und eine Deutsche

Weihnacht kreierte? Mit Sonnenwend-Feuern und Liedern im Dialekt?»

«Das könnte leicht mißverstanden werden», sagte der Chefredakteur, «vielleicht können wir das im nächsten Jahr herausbringen, wenn sich der Trend verfestigt hat. Zarte Pflänzchen müssen sich erst kräftigen ...»

«Diesmal lasse ich den Sport aber nicht wieder beiseiteschieben, diesmal bestehe ich darauf, daß er reinkommt», schnaufte Recksky und schlug die linke Handkante so heftig auf die Tischplatte, daß die Kugelschreiber dreißig Zentimeter in die Höhe sprangen.

«Aber nur, wenn der soziale Aspekt mit reinkommt!» Knabbe gab nicht nach.

«Na gut», knurrte Recksky, «dann könnte man alte Boxer beobachten. Das sind ja meistens Sozialfälle.»

«Ich hätte an alte Prostituierte gedacht ...»

«Dann könnte man aber auch ... äh ... alte Politiker ... den Gerstenmaier ... den Kiesinger ... den Filbinger ...» sprudelte Herr Bammelmann.

«Meine Herren», hüstelte der Chefredakteur, «meine Herren, bitte! Ich könnte ja nun etwas ganz Neues vorschlagen: eine Ufo-Geschichte. Oder die Story eines Weihnachts-Rippers, aber ich ziehe es vor, meine Herren, Ihre Vorschläge harmonisierend zusammenzufassen, und schon haben wir unsere Story: ein Spitzensportler, sagen wir ein Boxer oder ein Eishockey-Star, aber letztenendes ist das egal, hat sich während eines Intensiv-Trainings so verletzt, daß er nun querschnittsgelähmt im Rollstuhl hockt. Deprimiert und arbeitslos ... vegetiert so dahin und sieht sich alte Illustrierten-Artikel an. Frau und Freundinnen haben ihn verlassen. Aber dann blitzt ihm eine Idee ins Gehirn, hell wie der Stern von Bethlehem: er drapiert seinen Rollstuhl als Schlitten, sein alter Trainer, der ihm als einziger treu geblieben ist, näht ihm eine Weihnachtsmann-Ausstattung, und er faßt wieder Mut und wartet darauf, daß man ihn engagiert ... wie dieser Mensch nun nach seiner Arbeit das Fest feiert, das könnte man doch bringen ... ‹Ein Weihnachtsmann feiert Weihnachten›, das wäre dann auch so ein leiser absurder Touch ...»

«Nicht schlecht», wiegte Wamsler den Kopf, «aber wie wäre es denn, wenn wir diesen Weg weitergingen ...»

«Was meinen Sie damit?» fragte der Chefredakteur.

«Nun, Ihre Geschichte hat den Begriff des Weihnachtsmannes neu definiert, der zentralen Figur des Feier-Ritus. Wenn wir diesen

Ansatz konsequent weiterdenken, dann landen wir doch bei der *Neufassung des Weihnachtsmythos!*» Seine Augen leuchteten. Die Kollegen spürten, wie ein sanfter Schauer ihre Rücken herabrieselte. Sie räusperten sich verhalten.

«Aber der soziale Aspekt ...» fing Knabbe wieder an.

«Bitte», kaum vernehmbar wehte die Stimme des Chefredakteurs durch den Raum, war er doch der Wegbereiter dessen, was Kultur-Wamsler auf der Zunge hatte.

«Ich nehme an», begann Wamsler, «Sie kennen alle Borcherts Geschichte von den Hl. Drei Königen; er interpretierte sie als Kriegsgefangene, die 1946 einer Flüchtlingsfrau ihre Gaben brachten, Brot gehörte, glaube ich, dazu ... Annerhelms Hirten-Geschichte aus den siebziger Jahren setze ich ebenfalls voraus bei Ihnen, da sind die Hirten eine Gruppe von Hausbesetzern ...»

«Nun machen Sie nicht auf Bildung und kommen Sie endlich mal zu Potte!» stieß der Sport-Mann hervor.

«Gut», gab sich Wamsler einen Ruck, «dann sind diesmal wir die Drei Könige, die Redakteure von Soziales, Kultur und Sport.»

«Und ich?» fragte Politik-Bammelmann.

«Sie symbolisieren den Erzengel, der die Frohe Botschaft bringt.»

«Was für eine denn?» Bammelmann zitterte am ganzen Körper. «Auf jeden Fall muß sie ausgewogen sein.»

«Warten Sie doch ab!»

Alles schwieg. Das neue Mythen-Konzept mußte erst einmal verarbeitet werden. Schließlich wagte sich Bammelmann nach vorn:

«Und die ... äh ... Heilige Familie?»

Alles starrte ihn an: ein Politik-Redakteur und diese provozierende Frage?

«Das bietet sich doch geradezu an für den sozialen Aspekt!» schrie Knabbe begeistert. Wamsler nickte:

«Ich hatte an eine Türken-Familie gedacht, die von Abbruchhaus zu Abbruchhaus wandert, aber überall ...»

«Phantastisch!» Knabbe konnte sich kaum noch beherrschen.

«Da gibt's nur eine winzige Schwierigkeit», gab der Chefredakteur zu bedenken, «Türken sind ja in der Mehrzahl Mohammedaner. Wenn man diese Leute zur Hl. Familie hochstilisiert, das könnte Muslim und Christen brüskieren.»

«Und wenn man statt der Türken Sportler nimmt, eine Kugelstoßerin aus Rußland, einen Speerwerfer aus den USA», mischte sich Recksky ein, aber schon schnitt ihm der Chefredakteur mit einer sehr sensiblen, aber gleichwohl energischen Handbewegung das Wort ab:

«Ich hab's», stieß er heiser hervor, «wir nehmen eine Aussiedler-Familie, Rußland-Deutsche zum Beispiel, die ins Land ihrer Väter gekommen sind. Aber dann erleben sie: alle Herbergen und Wohnstätten sind gefüllt mit türkischen, pakistanischen, afrikanischen Wirtschafts-Asylanten, die sie höhnisch angrinsen ...» Andächtige Stille. Ja, das war der Beginn einer neuen Weihnachts-Geschichte! Dem Chefredakteur war sie in einem Akt der Gnade eingegeben worden. Die Herren Redakteure neigten einträchtig die Köpfe. Ein stiller Abglanz einer überirdischen Existenz lag auf ihren Gesichtern, und ein unhörbares ‹Hosianna!› schwang durch den Raum.

Endlich brach der Chefredakteur den Bann.

«Das Personal steht ja soweit», hüstelte er, «nur meine, also die Stelle des Chefredakteurs ist ja noch nicht besetzt.»

«Der Chefredakteur ist selbstverständlich gleichzusetzen mit dem Himmlischen Vater, der die Frohe Botschaft auf die Erde schickt», sagte Wamsler ernst, «und der eine Einheit bildet mit dem Hl. Geist, unserem Verleger.»

«Natürlich, und wie lautet diese Botschaft ... ich meine, die aktualisierte Form?»

«Die Frohe Botschaft ist unser Neuer Mythos, unsere Geschichte, die wir dem Leser unterbreiten.»

«Ja», jauchzte der Chefredakteur, «und die Hirten, das sind dann natürlich die vielen Angestellten unseres Verlages, die alle ihr Scherflein dazu beitragen, daß unsere Artikel erscheinen, das technische Personal zum Beispiel ... bis hinunter zum Pförtner.»

«Und wer ist mit dem Viehzeug gemeint?» fragte Sport-Recksky. «Ich meine die Ochsen und Esel und die vielen Schafe.»

«Unsere ... äh ... Leser natürlich», lächelte Bammelmann.

Helmut Salzinger

Etwas für die Weihnachtsnummer

(veröffentlicht in der *Frankfurter Rundschau* Nr. 258 ('69))

Ich bin Schreiber.

Ich schreibe Artikel. Über dies und das. Für Geld. Davon lebe ich. Und jetzt steht Weihnachten bevor. E. L. liegt mir per Telefon in den Ohren: ich soll ihm was für die Weihnachtsnummer schreiben. Aber mir fällt nichts ein, über das ich schreiben könnte. Weihnachten ödet mich sowieso an. Ich habe ein Weihnachtstrauma. E. L. wartet, daß ich ihm etwas sage. Ich sage: mir fällt zu Weihnachten nichts ein. E. L. sagt: das macht gar nichts. Es braucht ja auch nicht über Weihnachten zu sein. Wenigstens nicht direkt über Weihnachten. Es müßte nur irgendein Dreh drin sein, über den sich die Sache irgendwie mit Weihnachten verknüpfen ließe. Schließlich, die *Rundschau* ist eine progressive Zeitung.

Ich habe schon verstanden. Aber mir fällt dennoch nichts ein. Ja, ja, sage ich, vielleicht fällt mir noch was ein. Jedenfalls weiß ich schon jetzt, daß ich keine Lust habe. Und wenn ich keine Lust habe, dann fällt mir auch nichts ein. E. L. scheint gemerkt zu haben, daß ich keine Lust habe. Nun versucht er mich mit der Aussicht zu ködern, ich würde auch in der besten Gesellschaft stehen. Der Volker Klotz habe ihm heute schon etwas geschickt. Und von Hans Heinz Holz werde auch noch was kommen. Ich fühle mich gebauchpinselt und verspreche, mir mal Gedanken zu machen.

Das war mittags. Am Nachmittag bekomme ich schlechte Laune, weil ich versprochen habe, mir über einen Artikel für die Weihnachtsnummer, der zwar nichts mit Weihnachten zu tun zu haben braucht, aber auch nicht nichts mit Weihnachten zu tun haben darf, Gedanken zu machen, obwohl ich doch schon jetzt weiß, daß mir zu Weihnachten nichts einfallen wird. Weder ein Artikel noch sonst etwas. Ich habe nämlich ein Weihnachtstrauma. Es war blöd von mir, daß ich mich auf das Versprechen eingelassen habe. Nun steht mir der Anruf bevor, mit welchem ich absagen muß. Schließlich hätte ich auch gleich absagen können, und E. L. wäre mehr Zeit geblieben, anders zu disponieren. Weihnachten bringt nichts als Ärger.

Meine Frau kommt nach Hause und behauptet, ich hätte schlechte Laune. Auch das noch. Wieso, frage ich, habe ich schlechte Laune? Immer, sagt sie, wenn du dir mit beiden Händen zugleich den Kopf kratzt, hast du schlechte Laune. Ich sage: Ich kratze mir nicht den Kopf, sondern raufe mir die Haare, und das, weil E. L. von mir will, daß ich ihm etwas für die Weihnachtsnummer schreibe. Und zu Weihnachten fällt mir nichts ein. Ob ihr vielleicht was einfiele, frage ich.

Wir boykottieren Weihnachten. Wir haben keinen Weihnachtsbaum. Wir schenken uns nichts. Wir schenken auch sonst niemandem etwas. Wer uns etwas schenkt, hat selber schuld, wenn er nicht ein Geschenk im Gegenwert seines Geschenks zurückgeschenkt erhält. Was für ein Weihnachtsartikel denn? fragt meine Frau.

Ich werde ungeduldig. Irgend etwas über Weihnachten. Es braucht auch gar nichts mit Weihnachten zu tun zu haben. Es ist doch für die *Rundschau*, sage ich, und die *Rundschau* ist eine progressive Zeitung. Ach so, sagt meine Frau, dann müssen wir uns eben Gedanken machen. Also wie war das noch? Ein Artikel über Weihnachten, der nichts mit Weihnachten zu tun hat? Ich erkläre es noch einmal: ein Artikel über Weihnachten, der zwar nicht unbedingt etwas mit Weihnachten zu tun zu haben braucht, der aber irgendeinen Dreh enthalten muß, über den man ihn irgendwie mit Weihnachten verknüpfen kann. – Aber sie will ein Beispiel.

Ich sage: zum Beispiel ein Artikel, der an die Beobachtung anknüpft, daß nach Weihnachten immer die Mülleimer überlaufen, wegen der feudalen Verpackung und so. – Also doch über Weihnachten, sagt sie. – Nein, sage ich, denn dann könnte ich einen Artikel über die Probleme der Müllverwertung schreiben. Die Verpackung der Geschenke, die die Mülleimer blockiert, ist nur der Aufhänger. – Schreib das doch, sagt meine Frau. – Ich habe aber keine Lust, sage ich. – Wir denken beide nach.

Wie wäre es denn mit Kindererziehung? fragt sie. Weihnachten dürfen doch die Kinder immer so lange aufbleiben, wie sie wollen. Kindererziehung ist ihr Steckenpferd. Müde winke ich ab. Ich überlege nämlich gerade, ob ich hier nicht endlich die alte Geschichte ausschlachten könnte, wo ich mal an einem Heiligabendabend einen Einbruch machen wollte, weil ich dachte, um die Zeit passe sowieso keiner auf. Das ist zu persönlich, sagt meine Frau. Oder dann vielleicht etwas über den Zusammenhang zwischen kollektiver Sentimentalität zu Weihnachten und Konsumterror, schlage ich vor. Also wieder was Theoretisches, sagt sie enttäuscht. Sie hat recht. Ich habe ja gerade keine Lust, etwas Theoretisches zu schreiben. Und schon gar nicht über Weihnachten. Da fällt mir etwas ein.

Ich könnte doch einen Artikel darüber schreiben, daß ich einen Artikel für die Weihnachtsnummer schreiben soll, daß ich aber keine rechte Lust habe und weiß, daß mir sowieso nichts einfallen wird, daß ich aber auch nicht absagen will, weil ich auf das Honorar aus bin, und daß mir zu guter Letzt eingefallen ist, ich könnte doch vielleicht einen Artikel darüber schreiben, daß ich eigentlich keinen Artikel schreiben wollte, es dann aber doch getan habe. Heißenbüttel sei Dank. – Das druckt der nie, sagt meine Frau pessimistisch. – Mir ist auch schon ein Anfang eingefallen: E. L. liegt mir per Telefon in den Ohren: ich soll ihm was für die Weihnachtsnummer schreiben. Aber mir fällt nichts ein, über das ich schreiben könnte ... – Das druckt der nie, sagt meine Frau. – Ich höre gar nicht hin. Und der Titel? Ein Titel muß her. Zu Weihnachten fällt mir nichts ein. Geht nicht: Karl Kraus. Statt eines Weihnachtsartikels. Geht auch nicht: Walter Jens und und und. Etwas für die Weihnachtsnummer. Genau! – Das druckt der doch niemals, sagt meine Frau mit Nachdruck, wobei sie den Akzent auf mals legt. – Warum denn eigentlich nicht? frage ich etwas nervös, weil sie mit ihrer Skepsis das schon sicher geglaubte Honorar bedroht.

Im Grunde wäre so etwas doch genau das, was er braucht. Der Bezug zu Weihnachten ist drin, aber impliziert wäre die Sache auch kritisch. Indirektes Aufzeigen der herrschenden Sachzwänge. Die *Rundschau* als progressive Zeitung, die natürlich mit Weihnachten nichts im Sinn hat. Aber sie muß. Weihnachten steht nun mal im Kalender und erfreut sich auch bei den Lesern allgemeiner Beliebtheit. Weil sie aber progressiv ist, bringt sie was Kritisches. Ein doppelter Sachzwang: einmal, daß etwas über Weihnachten in der Zeitung stehen muß, und zum anderen, daß es etwas Kritisches sein sollte. Das Image und zu was es die Zeitungsmacher verpflichtet. Und mein eigener Sachzwang. Mir ist Weihnachten piepe. Aber ich schreibe für Geld. Und wenn ich etwas zu Weihnachten schreiben soll, dann muß ich es eben tun. Kollektive Sentimentalität auf der einen Seite, Konsumterror auf der anderen. Artikel werden auch konsumiert. Das wäre doch alles mit drin, wenn der Leser mitdenkt, sage ich, und wenn ich es so schriebe, dann würde es mir sogar Spaß machen. – Aber das druckt der nie, sagt meine Frau.

Ich renne ans Telefon. Ich spreche mit E. L. Geritzt, sage ich zu meiner Frau. – Du hast ja wieder gute Laune, stellt sie fest. Habe ich auch.

Sie hat mir nämlich mal erzählt, sie wünsche sich zu Weihnachten einen Propeller.

Der Artikel ist fertig. Ich lese ihn meiner Frau vor. Lustig, sagt sie. Aber das druckt der doch nicht, wenn er es erst mal gelesen hat.

(auf die Anfrage der «FR», ob er etwas für die Osternummer beisteuern könne, antwortete Salzinger mit dem folgenden Brief und legte ihm den entsprechenden Oster-Artikel bei, in dem lediglich jeweils das Wort «Weihnachten» durch «Ostern» ersetzt wurde.)

Lieber Erich Lissner,
bitte betrachten Sie Beiliegendes nicht als einen schlechten Witz. Ich halte es nämlich für einen guten, für einen meiner besten Witze überhaupt.

Als Sie mich gestern anriefen, sah ich wirklich nicht, wie ich etwas für die Osternummer beisteuern könnte. Aber die Sache ging mir nicht aus dem Kopf. Später am Abend dachte ich noch einmal darüber nach. Ich stellte mir vor, daß Sie wahrscheinlich wieder, wie Sie es mir schon zu Weihnachten erzählten, gezwungen wären, etwas Besinnliches für die dritte Seite zu verfassen, daß dieser Zwang zu jedem im Feuilleton zu vermerkenden Fest wirksam wird und daß ich seinerzeit ja gerade über diesen Zwang geschrieben hatte. Dann kam mir die Idee.

Nicht unbeteiligt daran waren auch Ihre Worte am Telefon, die auf mich den Eindruck machten, als hätten Sie das, was ich damals mit dem Artikel sagen wollte, ein wenig mißverstanden. Sie sprachen davon, ich hätte doch mit diesem «kleinen Scherz» solchen Beifall gefunden. Für mich nämlich war es nicht unbedingt ein kleiner Scherz. Die Form natürlich schon, aber nicht die in dem Artikel dargestellte Situation. Und diese Situation ist ja nicht bloß Weihnachten gegeben, sondern zu jedem anderen Fest, dem das Feuilleton Rechnung zu tragen hat, ebenfalls. Der Unterschied besteht lediglich im anderen Namen des Festes. Der Artikel gibt so etwas wie eine Schablone ab. Wenn ich jetzt ganz mechanisch für Weihnachten Ostern einsetze, dann paßt es nicht immer ganz genau. Es wäre natürlich eine Kleinigkeit, diese Bruchstellen dem anderen Fest anzupassen. Das aber fände ich nicht gut, weil der Text dann seinen Schablonencharakter zwar nicht verlieren, dieser aber sozusagen vertuscht würde. Gerade dadurch aber, daß der Leser mitbekommt, daß es sich hier um eine Schablone handelt, wird die kritische Absicht wirksam.

Ich gebe zu, die Sache ist ungewöhnlich, nicht zuletzt auch den Lesern gegenüber. Bedenken Sie aber bitte dies: entweder merkt der Leser, daß hier etwas nicht stimmt, und erinnert sich, etwas Ähnliches schon einmal gelesen zu haben, oder er merkt es nicht. Im ersten Fall ist es gut, weil er ja gerade merken soll, daß etwas nicht stimmt. Im zweiten Fall ist es auch gut, weil die Sache dann eben für ihn so neu ist, wie sie es für den anderen zu Weihnachten war. Außerdem würde mich interessieren, was die Kollegen, die damals von dem «Scherz», der keiner sein sollte, so angetan waren, nun von dem Witz, der einer ist, halten.

Es würde mich sehr freuen, wenn es mir gelungen sein sollte, Ihnen mit diesem Brief meine Absichten plausibel zu machen, und Sie sich auf das Experiment einlassen würden. Ich bin der festen Überzeugung, daß diese Idee besser ist als alles, was ich Ihnen eventuell für die Osternummer neu schreiben könnte. Und ich darf Ihnen sagen, daß mir die Sache jetzt persönlich lieb geworden ist und daß ich Sie auch schon deswegen bitte, es damit zu wagen.

Sollten Sie einverstanden sein, dann obliegt Ihnen nur, an den Stellen (Mitte der ersten Seite), wo von der «besten Gesellschaft» die Rede ist, die betreffenden neuen Namen einzusetzen. Beinahe vermute ich, daß es gar keine neuen sein werden und daß zumindest Hans Heinz Holz auch diesmal wieder mit von der Partie sein wird.

Mit den herzlichsten Grüßen
Ihr
Helmut Salzinger

(Auf Brief und Artikel erhielt Salzinger den folgenden Bescheid:)

Lieber Herr Salzinger,

Dank für die Mühe, die Sie sich da gemacht haben. Ich verstehe wohl, wie Sie's meinen, aber ich möchte doch nicht diesen «Witz» wagen.

Bitte, nehmen Sie es mir nicht krumm und seien Sie in gebotener Eile herzlich gegrüßt von

Ihrem
Erich Lissner

Quellenverzeichnis

Wir danken den Verlagen für die freundliche Erteilung der Abdruk-
kerlaubnis der folgenden Texte:

Robert Gernhardt: Die Falle. Aus R. G.: Die Blumen des Böhmen. Frank-
furt 1977. S. 230–239.
Günter Herburger: Weihnachtslied. Aus G. H.: Makadam. Gedichte.
Darmstadt 1982. S. 30–32.
Michael (Stadtstreicherkind) aus: Brigitta Wolf (Hg.): Ohne Stern. Weih-
nacht der Außenseiter. Gelnhausen 1981. S. 143–151.
Ralf Thenior: Sprechmaschine Pechmarie. Aus R. Th.: Sprechmaschine
Pechmarie. Gedichte. Stuttgart 1979. S. 75 f (Ausschnitt).
Peter Wagner: Wie man den singenden Vögeln das Fliegen beibringt. Aus:
P. W.: Aktion am Drulitschweg. Erzählungen. Eisenstadt 1981. S. 13–19.
Hildegard Wohlgemuth: Und das nicht nur zur Weihnachtszeit. Aus H.
W.: Wen soll ich nach Rosen schicken. Gedichte, Balladen, Chansons.
Wuppertal 1971. S. 102.
Den Text von Uli Becker: Wer glaubt noch an den Weihnachtsmann? ent-
nahmen wir dem Band 144 in der Reihe «das neue buch», Reinbek 1980. S.
41 f.

Bücher für jeden Geschmack
und viele Gelegenheiten. Zum
Geburtstag oder als kleine
Aufmerksamkeit zwischen-
durch. Für Urlaub, Freizeit
und lange Lese–Nächte.

Lesebuch der Freunschaft
(rororo 13100)
«Ein Freund ist ein Mensch,
vor dem man laut denken
kann.»
R. W. Emerson

Lesebuch der Liebe
(rororo 13102)
In diesem Band spiegeln sich
die vielen Facetten der Liebe
wider – vom ersten spie-
lerischen Verliebtsein bis zu
den Herausforderungen der
großen Liebe.

Schmunzel Lesebuch
(rororo 13105)
In sieben Kapiteln werden
hier Texte von mehr als 35
berühmten Autoren präsen-
tiert – von «Klassikern» wie
Kurt Tucholsky, James
Thurber, Karel Capek, Alfred
Polgar und Frank Wedekind
ebenso wie von modernen
Autoren à la Robert
Gernhardt, Richard Rogler,
James Herriot und Wolfgang
Körner.

Lesebuch des schönen Schauders
(rororo 43050)

Lesebuch «Gute Besserung!»
(rororo 13103)

Lesebuch Perlen der Lust
(rotfuchs 13104)

Lesebuch für Katzenfreunde
(rororo 13101)
Nicht nur humorvolle oder
spannende Geschichten von
Katzen–Freunden für Katzen-
freunde, in denen die Spezies
Mensch nicht selten entlarvt
wird.

Thriller Lesebuch
(rororo43051)

Lesebuch der «Neuen Frau»
Araberinnen über sich selbst
(rororo 13106)

Rotfuchs–Lesebuch Kinder, Kater & Co.
(rororo 20642)

Diederichs Märchen der Weltliteratur: 100 Märchen aus aller Welt, sorgfältig ausgestattet – wissenschaftlich zuverlässig erarbeitet und übersetzt – unter Berücksichtigung der mündlichen Überlieferungen – jeder Band mit einem Nachwort, ausführlichen Informationen und Kommentaren zu Erzählern, Sammlern, Motiven und Bedeutung der Märchen.

Diederichs Märchen der Weltliteratur

Altägyptische Märchen *Mythen und andere volkstümliche Erzählungen*
(rororo 35001)

Märchen der Azteken und Inka
Herausgegeben von Walter Krickeberg
(rororo 35008)

Türkische Märchen
(rororo 35092)

Märchen aus Frankreich
(rororo 35025)

Märchen der Niederlande
(rororo 35060)
Die Erlösung eines Prinzen, der in ein Schwein verzaubert wurde, bäuerliches Leben, kaufmännisches Denken und die Abenteuer von Seefahrern, der Gewinn sagenhafter Reichtümer und schöner Prinzessinnen finden sich in diesen märchenhaften Geschichten.

Märchen aus Tibet
(rororo 35089)
Mythische und zauberische Märchen aus dem Land der Götterberge des Himalaja.

Persische Märchen
(rororo 35068)
«Eine wahre Lust, darin zu schmökern.» *Frankfurter Rundschau*

Irische Volksmärchen
(rororo 35033)
Voller Phantasie und Gefühle, derb und schalkhaft wie die Iren sind die Legenden und Volksmärchen. «Dieser Band läßt einem das Herz höher schlagen.» *Die Tat, Zürich*

Märchen aus Brasilien
(rororo 35012)
«Farbkräftige Erzählungen» *(Neue Züricher Zeitung)* in denen sich reizvoll die unterschiedlichen Kulturen der Indios und Mestizen, der ins Land verschleppten Afrikaner und der Weißen widerspiegeln.

Ein Gesamtverzeichnis der Reihe *diederichs märchen* finden Sie in der *Rowohlt Revue.* Jedes Vierteljahr neu. Kostenlos in Ihrer Buchhandlung.